咒事顧問

貳 髑髏夜走

林佩著
ANTENNA
牛魚繪

【人物簡介】鍾流水。

喜好的食物類型匪夷所思，基本上是傲嬌修仙者一枚。若是問他名字的由來，他會說：桃花流水鱖魚肥。

【人物簡介】白霆雷。

熱血熱情的菜鳥刑警，自從遇上鍾流水這位剋星之後，刑警也只好乖乖變警犬，苦逼人生如此蛋疼啊有木有。

【人物簡介】姜姜。
鍾流水的天兵外甥，爲人善良可愛又純（蠢）真，最愛睜著濕漉漉的大眼睛，對小公雞說：快生顆雞蛋給我吃。

【人物簡介】張聿修。
他是新一代年輕才俊小法師，以衛道除魔爲己任，千算萬算沒算到，認識姜姜就是他悲慘人生的開始。

【索引】鬼事顧問、零貳。髑髏夜走。

鬼事顧問、零貳。髑髏夜走。

【第壹章】山村少女驚艷，蛇廟神婆驚心。

田淵市南方、乾元山腳下的明雲村村長辦公室裡，身材英挺、長相帥氣的年輕警察正拿著筆記本，對幾位年紀稍長的老人家問案。

警察名叫白霆雷，個子高，乍看之下有些威勢，但熟知他的人都知道，這人啊，色厲內荏，最好欺負了。

「三更半夜有骷髏頭飛到屋子裡，第二天屋裡的人就死了？」白霆雷愣了一下，「你們會不會把飛進來的鳥當成怪物？」

「不會不會啦，偶都擠俗歲的倫了，山裡的鳥偶都認素，啊那鍋真的素死倫骨頭啦，偶老婆也看到溜，嚇得躺在床上起不來。」黑黝黝的山村老人比手畫腳說。

白霆雷執筆的手一時間頓在空中，想了幾秒鐘，將村民的話一五一十記下。

最近附近幾個山村也不知道走了什麼惡運，每隔兩三天就有人死亡，那些人前一天還好好的上山去工作，第二天就無緣無故死在自家床上，死狀安詳，彷彿只是睡著一樣，短短兩個月內就不分性別老幼的猝死了十幾個人，衛生局接到通報不敢怠忽，以為發生傳染病，篩檢後排除了群聚感染疾病的可能性。

事情若到此為止也就算了，頂多就是抽絲剝繭查出疾病的來頭，這時卻又有十幾位目擊者指出，曾經在夜晚看見人頭骨於村中飄蕩，有人甚至歷歷指證頭骨飛到鄰居家裡，第二天早上鄰居家就死了人。

怪事輾轉成了田淵市市警局「特殊事件調查組」的案件，白霆雷身為組員，奉長官之命前來展開調查。

所謂的「特殊事件調查組」，專門處理警方各類蒐證調查都解不開的謎團，該小組常被戲稱為「鬼事調查組」，組員也被冠了「鬼事調查員」的稱號。目前鬼事組的業務量並不多，所以該組成員連白霆雷算在內，也只有三人而已。

明雲村人口數不多，年輕的大多搬到市區裡了，剩下的都是山上種植果樹的老山農，白霆雷恪盡職責訪問另一名喝茶中的老太太。

「林媽媽也看到了飛行骷髏頭？」

「有喔有喔、偶打開窗戶看，啊唷喂死人骨頭飛到阿速嬸家，第二天阿速哥就沒了。」

老太太表現的很害怕，好像當場就要昏倒了，卻又說的口沫橫飛，比手畫腳像指揮家。

白霆雷雖是菜鳥警察，起碼受過專業科學訓練，對怪力亂神這種事情多所懷疑，但長官有交代，不管聽到多麼匪夷所思的描述，都必須以平常心對待，這才是鬼事調查組成立的初衷。

「警官警官、借問一下吼。」另一個小老太太扯著他袖子。

「村長他媽、不、金媽媽，妳也看到了骷髏頭？」白霆雷矮身詢問金姓村長的老母親。

「不素，偶想問泥，泥結婚了沒？偶家孫女雖然年紀大一點，但粉顧家，大屁股包生兒子，偶去叫她來……」

「村長的親生女兒？」

「素啊素啊，她長得像年輕時候的偶，都素大美人。」老太太忙點頭。

白霆雷的臉都綠了，根據村長與村長他媽的尊容，他已經明瞭金小姐至今還嫁不出去的真正理由。

「那個、我有女朋友了，謝謝、謝謝。」白霆雷隨口敷衍過去，他才二十歲出頭，現在結婚太早了。

他問案問得差不多，接下來是要往村子各處走走，進行實地查訪，這時身邊幾個老山農又嘰嘰喳喳的說起話。

「……神婆說偶們拜拜不誠意，所以山神大倫生氣了，就派死人骨頭散播瘟疫……」

「什麼神婆、什麼山神？」白霆雷一腳踏回來問。

壹．山村少女驚艷，蛇廟神婆驚心

金媽媽搶著解釋：「啊山神大倫就是山神大倫，神婆素供奉山神的。啊啊偶想起來溜，偶上西天的阿爸說過，山神一千年前降到山上，每一百年都會散佈瘟疫，啊如果不好好拜神，偶們就會死……」

「神婆是人？」白霆雷問。

這下輪到村民們噤聲了，他們對於專門傳達神明旨意的神婆是又敬又怕，深怕一個不小心冒犯了山神的代言人，那可就吃不完兜著走。

「怎麼、不是人？」白霆雷察言觀色，難道自己問錯話了？

村長及時出來解圍，「白警官，村子通往山上的路上就有山神廟，神婆住在廟裡，你上山前先入廟上炷香，以免觸犯山神。」

白霆雷還想追問，老人家卻一哄而散，除了村長他媽還絮絮叨叨地唸著自己孫女又乖又聽話，相親幾十次了，沒一個男人配得上她呀，白警官相貌堂堂，兩人一定很相配的巴啦巴啦～～好不容易甩開了村長他媽，白霆雷順著村中筆直的小柏油路往山上走。

寧靜的小村莊裡，青壯人不愛農事，幾乎全都去城裡工作，所以莊子裡只看到小孩在路邊嬉戲，老人家則坐在門口曬太陽聊天。

村尾端的小坡上果真有座小廟，廟前紅燭燈一對，廟後竟有幾株紅櫻花，古樸飛簷及斑駁灰牆顯示這廟的年歲已久，桌上的供品卻意外的只有雞蛋，當他靠近時，正好有女孩低頭提著竹藍走出來，那籃子是以曬乾壓扁後的藺草編織而成，裡頭裝滿了雞蛋，看來女孩才剛祭拜完山神，祭品收完要走人。

既然是年輕人，頭腦肯定比老人家清晰，白霆雷自然不會放過這問案的機會，立刻叫住她。

「小姐、方便問……」

女孩一抬頭，白霆雷目瞪口呆心頭小鹿亂撞爸爸姓什麼都忘記了，這女孩是穿越來的吧！大大的眼睛、水靈靈的皮膚、淡黃色秀髮在頭上梳成了兩個海螺髻，看著倒像是貓耳朵似的，白霆雷揉揉眼睛，山裡怎麼可能有這麼可愛的萌系美少女？

春天來了，百花齊放，白霆雷有種人生要改變的預感。

少女訝異地發現白霆雷詢問的對象是她，忍不住眨了眨眼，問：「你……」

「我？」

少女抿嘴笑，眨眨眼問：「什麼事？」

「呃、那個……」白霆雷慌張地掏出筆記本，輕咳幾聲後，想辦法讓聲音及態度都表現的正常，「妳……貴姓？」

「金……」少女答：「金絲。」

名如其衣，深色大裙角上鑲嵌兩條金紅色滾邊，這衣服有種幾十年前流行的意味在，說不定是女孩的祖母送給她的。

想到女孩的祖母，白霆雷福至心靈，歐買嘎這女孩就是村長他媽辛苦要介紹給自己的孫女？剛剛沒一口答應真是虧大了。

金絲少女見白霆雷一直盯著他，再問：「怎麼？」

白霆雷不好意思了，低頭問正事，「我是警察，姓白，來明雲村辦案，剛拜訪過村長，現在輪到神婆……對了，關於村子裡流傳的骷髏頭，妳知道嗎？」

金絲不答，卻繞著白霆雷走了幾圈，將他從頭到腳、從左到右的看了好幾遍，把菜鳥警察看得渾身毛毛的。

「警察先生的身體很強壯唷，很少生病吧？」

什麼意思、這到底什麼意思？當一個女孩子讚美男人的身體很好，是不是八字有一撇了，白霆雷立刻拿出早已經使用過不下八百次的標準警察用語來回答。

「身為人民的保姆，本來就該注意訓練體魄，才能保護人民的人身財產安全，我……」

「嗯、很好很好。」金絲笑咪咪地點頭。

白霆雷這下子連教堂的婚禮鐘聲都幻聽到了，漂亮美眉說自己很好，也就是說……

金絲笑開了，說：「神婆人在廟後面，跟我來。」

她提著一竹籃的雞蛋穿廟往後去，白霆雷忙追，這時廟裡旋出一陣怪異微風，有甜甜的肉腥味，白霆雷突然眼前發黑，趕緊扶著廟柱，等這暈眩的感覺過去再抬頭，金絲小姐的身影已經消失在廟後。

警察臉上頓時兩條寬麵條淚，金絲美眉妳是害羞吧是吧是吧？跑那麼快做什麼呢？傳統婦女的美德別在這時發揮的淋漓盡致啊～～

然後他突然覺得很累，肩背處像是有兩塊大石頭壓著似的，讓他提不起勁，他低頭看看筆記本上的記錄，直覺從神婆這裡應該能查到些有趣的線索。

穿過小小的山神廟，他好奇地往神龕內望一眼，想看看山神到底是什麼模樣，這一看毛骨悚然，山神身披長袍端坐，看不出是女神男神，因為脖子以上是一顆猙獰的蛇頭。

白霆雷瞬間雞皮疙瘩滴滴答答掉滿地。

想想也對，山裡毒蛇多，而蛇類在生態食物鏈上屬於高等位階，數量多則表示此山自然資源豐富，山民們靠山吃飯，長期對之敬畏，將之奉為山神很正常。

再看一眼蛇神。同樣是蛇，比起神話裡被壓在雷峰塔下的癡情女子，這位神的待遇真是好多了，瞧，供桌上滿滿的雞蛋，營養也滿滿。

矮身穿過神龕旁邊的小門到廟後，後頭是個土牆砌成的老舊小屋，低矮門口遮以油黑門簾，散發森森的氣氛，想必就是神婆的起居處。

門簾有些許拂動，金絲小姐應該剛穿門而過，白霆雷跟著進入，黑暗撲面襲來，他頓住讓眼睛適應裡頭，沒多久一燭螢火被點燃，點燭的人卻不是金絲。

一位老嫗半隱半現於微光裡，長相不太清楚，只隱約能辨識那臉上被時光蝕刻的皺紋，佝僂的身形則被厚重的灰色罩袍從頭蓋到腳，而這樣的燈光不足以讓他將斗室看清，只覺得牆壁黑忽忽一片，像是藏了許多的魑魅魍魎。

白霆雷瞇著眼四顧，怪了，這小室沒其他出口，金絲人卻不在，這麼一會工夫她能神隱到哪裡去？

試著喊了那老媼：「神婆？」

豆大光源照亮她空洞的眼睛，死板板的臉上沒多少人氣，白霆雷當下覺得這老媼根本不該被叫成神婆，而該被叫鬼婆。

「問事？」老媼緩緩開口，口齒不清，像喉頭卡著魚骨。

白霆雷晃了晃自己的警察證，說：「我是警察，有事請教。村子裡很多人不明原因死去，也有人在夜裡看見了骷髏頭飛來飛去……妳看過嗎？」

神婆提高了聲音笑，像夜梟聲繁，「……都是鬼……山上山下都是鬼……」

白霆雷見她的神態跟一般的老人家不相同，太過鎮定，本能就覺得對方沒說實話，於是追問：「妳看到鬼？」

「不信山神，自然不受到庇佑，鬼氣瀰漫，天災降臨……」神婆咯咯笑，灰色的罩袍抖動滿室內霉味。

白霆雷打了個噴嚏，饒了他吧，這裡需要一台除濕功能強大的空氣清淨機。

神婆指著白霆雷，「年輕人，你也大難臨頭了。」

白霆雷一愣，切，這不是江湖術士最愛用的一招嗎？先假裝說求問者大禍臨頭，接著巧立名目要改運，藉此訛詐金錢，他會中招才怪，但他假意敷衍。

「什麼大難臨頭？」

神婆不答了，一整個表現的陰陽怪氣，白霆雷知道她故意裝莫測高深，再問下去大概也只會胡謅些怪力亂神的話，這種人是標準的神棍，而他生平最最討厭的就是神棍。

「剛剛帶我來的金絲小姐……她去哪裡了？」

神婆依舊不答，白霆雷自覺不受歡迎，留下名片就離開了。等到他遠去，小室裡的燭火陡然熄滅，神婆又發話了。

「傳說中的純陽命格，沒想到被我給碰上了……」

男人的聲音陡然響起，細銳嘶嘎，像石頭磨嘰著石頭，「……妳需要純陽命格的人？」

「我即將遭遇雷劫，純陽之氣能助我迅速抵達下一階段修為境界，從而抵擋天罰……呵呵、可遇不可求，該說老天還是助我……」

男人知道她所指的天罰乃是上天給予背脊朝天者的一種約制，他卻沒答腔，不想透露出自己有多瞭解白霆雷。

神婆輕咳了一聲，又吩咐：「跟蹤他，我要知道他的住處還有作息，他對我有極大用處。」

「他是警察，應該是為了村民暴死事件而來，妳不怕惹起人間專管特殊事件的機構注意？」

「害怕了？別忘了是我將瀕死的你送入地陰水眼，及時補給你的陰氣，你才能回復神識。總之你聽我吩咐做事，其他別多問。」

「是。」男人回答，聽不出任何的怨懟與不滿。

油黑門簾輕輕拂動，有東西迅速竄了出去，執行神婆的命令。

白霆雷騎著他心愛的機車穿過明雲村，放亮了招子，可惜卻沒再見到那鑲嵌金紅色滾邊衣裙的漂亮身影，唉、好失望。

剛出了山區他就覺得不對勁，感覺身後有東西跟著，他不動聲色從兩邊照後鏡交互觀看，後頭沒任何車輛。他頓時納悶了，難道是他敏感？

然而，就在他於路口上來個九十度大轉彎時，淡藍光點猛然從鏡中一閃而過，他立即回頭，這回視角往上，依稀彷彿有飄浮物迅速退走。

幽浮！白霆雷第一個想法。

他是鬼事組員，任何匪夷所思的事件都在他的職權範圍之內，馬上調轉車龍頭要追，幽浮卻

壹．山村少女驚艷，蛇廟神婆驚心

在這時隱入路旁樹叢裡，白霆雷萬萬沒辦法驅車穿過矮樹叢去追。

「幽浮你給我回來！」

叫了好幾聲，旁邊同樣騎著機車的人經過，還以為他是瘋子咧。

白霆雷搖了搖頭，懷疑剛剛是一場錯覺，轉回車頭又重新往市區去，卻愈想愈不對勁，剛剛鏡子裡那一瞥，發現幽浮的形狀很怪異啊，完全不是傳說中圓盤子的形狀，反倒像是……骷髏頭？

絕對是錯覺，他太累了，這一上午都聽村民們繪聲繪影的講骷髏頭，弄得自己也疑神疑鬼。

田淵市市警局。

鬼事組辦公室裡，中年微禿稍胖的負責人孫召堂，也就是白霆雷的直屬長官，看著魂不思蜀剛回來報到的下屬。

「昨晚熬夜打電動了？都已經出社會工作的人，千萬別把當學生時候的壞習慣帶進職場。」

孫召堂於窗旁大辦公椅中諄諄提醒，身為長官，他對屬下的健康很注重，畢竟屬下體況良好，才能盡情壓榨嘛。

白霆雷不解，「我沒打電動沒熬夜，為什麼誣賴我？」

「熊貓眼是賴不掉的。小綠綠，拿鏡子給他看。」長官說。

同辦公事裡的前輩譚綺綠立刻從抽屜拿出小化妝鏡朝著他，白霆雷當場石化。

鏡子裡是一張倦累的臉，眼下的黑眼圈連真正的熊貓來相比也會自嘆弗如。

「我、這個、我……」白霆雷慌忙解釋：「我早上還好好的、怎麼、現在……」

白霆雷自己說的也心虛，因為他現在真的覺得很累，身體好像被大卡車輾過來又輾過去了好幾遭，骨頭快散掉了，更別說是腰痠背痛，比在警校時背負重物跑操場幾十圈後還要疲累。

不過嘛，身體雖然累，心情卻很愉快，小小山村裡居然有個美少女，讓他樂不思蜀，所以也就不特別注意身體的異樣。唉，金絲小姐真的好漂亮，要不要再以探案的名義往明雲村走一趟呢？這回村長他媽再提相親，他絕對一口答應。

但是——他緊張地往身邊看，同辦公事裡的前輩譚綺綠條件也很好，雖然長相沒金絲漂亮，御姐氣質卻靚到不行，讓他春花秋月難以取捨……

「小霆霆？」孫召堂又喊。

「別叫我小霆霆！要是被外頭的民眾聽到，我什麼威信都沒了，沒有威信，又怎麼服務人民、怎麼遏阻歹徒作奸……」

繃著一張臉，就算白霆雷他是菜鳥好了，身為長官的孫召堂為啥動不動就親親熱熱喊下屬奇怪的小名？就連爸媽也只喊他小雷，小雷雖然雷，可比小霆霆好多了！

話說回來，白霆雷這名字既威嚴又有氣勢，為什麼他才來不到一個月，警局同仁全都喊他小霆霆？他瞇著眼想，始作俑者應該是——

「姓鍾的他喵死神棍！」白霆雷拍桌，桌上的檔案夾都飛震起來。

「別喊流水是神棍，他是有本事的法師。」孫召堂朝他搖了搖手指頭，不以為然，接著又問：「小霆霆，你對山村事件怎麼看？」

還氣著呢，白霆雷憤憤回答：「……目擊頭骨出沒的時間大多是入夜後，烏漆嘛黑，這樣的證詞都該小心求證。這要在國外，白色頭骨就會變成綠色小外星人，隊長，我推測這是集體幻覺，應該派個心理輔導師過去……」

孫召堂以一貫溫和的語調反駁，「山下五個村莊，證詞如出一轍，再說那些人從小生活在山邊，會認不清楚鳥類與頭骨，或是跟外星人的差別？」

「雖然有人指證，但都是五、六十歲的老人家，我不認為他們有辨識夜半飛鳥的能力。」白霆雷不服氣地說。

「在收集到所有證據前就輕易下判斷，會蒙蔽視野，這是調查人員的大忌。」孫召堂責難了，「有一分證據、說一分話，在獲得進一步的證據前，不能心懷成見。」

白霆雷心虛，他下到崗位來畢竟才兩個月，經驗與判斷力都還不足，此刻被訓也不敢回嘴，只能就事論事跟長官來討論案情。

譚綺綠突然間指著電腦螢幕驚呼，「嘿，老人家說的沒錯，一百年前出現過一模一樣的事件。」

原來譚綺綠鍵入幾個關鍵字後，連到某民俗學家的部落格上，民俗學家根據鄉土誌做了些研究，提到一百年前，同樣這個時間點前後，每兩、三天就有村民猝死，死亡人數約達百人，受到侵擾的地方範圍卻不大，當地人都以為發生瘟疫，辦了大規模的禳災儀式。

譚綺綠快速瀏覽網誌，愈看愈是心驚，田淵市一千年前曾是古城，靠山面海人口眾多，留下的鄉土誌記完整，往上溯源，發現到更奇怪的巧合現象。

「兩百年前、三百年前、四百年前……」譚綺綠邊說邊做記錄，「規律性的，山下每百年都會發生莫名其妙的瘟疫，你們看，這裡寫著死者外表無傷，也不是中毒，山村每年都會請法師禳祭，也都是為了驅離瘟疫。」

「之前沒有骷髏頭。」白霆雷專心瀏覽頁面後，提出疑問。

譚綺綠再次將民俗學家的相關文章都看了遍，真的沒找到任何關於骷髏頭的敘述，專注盯著電腦螢幕讓視線都乾澀了，但她不死心，「我上圖書館去借地方誌，看看這一千年來乾元山腳下還發生過哪些不尋常的事情，弄個關聯出來。」

白霆雷也被啟發了，說：「如果真有骷髏頭、不、姑且稱之為不明物種好了，說不定夾帶了不明細菌或病毒，所以讓接觸過的村民猝死……」

就像國外的吸血鬼傳說，吸血鬼會於夜晚變成蝙蝠出沒，滑入人類的房間裡吸食血液，被吸血的人類死後也變成吸血鬼——這根本就是恐懼心塑造出來的怪物，其實是蝙蝠本身帶有狂犬病病菌，在咬入時因此傳染了病徵，這才是吸血鬼傳說的真實面貌。

那麼、山村事件是不是也該……

「跟鬼有關。」孫召堂拍板。

白霆雷大叫：「多往別的方向去探討啊長官，你剛明明說：在收集到充分證據前就輕易下判斷，會蒙蔽視野，這是調查人員的大忌！」

孫召堂是長官，長官當然有特權要傲嬌，比如把說過的話給吞回去之類的。他笑咪咪地對菜鳥警察說：「總而言之，本小組暱稱『鬼事調查組』，這種鬼事我們非管不可。」

白霆雷無法反駁，心底卻吶喊，天啊：哪個天殺的上司把他分發到這個鬼組來的？他現在就要去殺了對方！

譚綺綠同樣豪氣呼應：「不管是不是鬼，我都已經申請了兩支監視器，要架在村子出入口，什麼鬼都給它拍下來！」

「嗯嗯。」孫召堂很滿意，轉頭慈祥說：「小霆霆我知道你最近都沒有好好活動手腳的機會……」

「調我去別的單位抓歹徒？」星星眼射出百萬燭光。

長官大方點頭，「給你個機會爬乾元山，免得身體發霉。幸好山不高，也有專門的登山道路，你不會迷路的。」

白霆雷拍桌了，「林野巡視是林務局的工作，這種事交給林務局處理就好，幹嘛推給我？」

「這案件稀奇古怪，一定有你漏看的地方，這回讓專業的陪你去。」孫召堂說著說著從座位下拿出兩瓶酒，「替我送給流水，慰勞他的辛苦。」

壹・山村少女驚艷，蛇廟神婆驚心

白霆雷沒好氣地說：「我才不要去見那個神棍，他小氣、腹黑、心眼壞……」

孫召堂笑吟吟，「他是鬼事組有給職顧問，該利用的時候當然要好好利用，別浪費了公帑。」

「他家的雞見我就啄。」

孫召堂無奈搖頭說：「既然如此，還是煩勞我這飽經風霜的中年人親自走一趟，唉、真的老了，最近我常常頭暈，心臟也莫名其妙亂跳，警察的職業病很多啊，不知道我還能再領導你們多少年……」

這麼一哀兵起來，白霆雷都不好拒絕了是不是？就算不待見那位名喚鍾流水的神棍，但為了長官，還是勉為其難過去一趟吧。

於是乎，白霆雷再度騎上他那心愛的白色寬胎機車，提了兩瓶酒，風風火火往小組顧問家去，路上想到今天星期六，顧問家裡頭的小外甥沒上學，那孩子從小就沒了媽，怪可憐的，順手又買了桶巧克力及水果帶過去。

鬼事顧問、零貳。髑髏夜走。

【第貳章】謹防髑髏夜走，

小心蚝鱗入身。

「鬼事調查組」顧問的名字叫做鍾流水，沒錯，就是白霆雷口中的神棍，來田淵市十年了，目前定居於田淵市北區的群青巷裡。除了這個有給職的顧問之外，鍾流水另有正業，能替人驅鬼捉妖捕魅。

所謂的顧問，倚仗著經驗與學識，於鬼事組調查案件時，給予專業的知識與建議，老實說，田淵市的鬼事組就因為撈到鍾流水這麼一個寶，辦案上無往不利，任何疑難雜症都難不倒。

至於鍾流水年紀輕輕，為何卻有豐富的經驗與知識，也只有鬼才知道了。

白霆雷不懂對方的好處，老愛稱他為神棍，就算兩個月前曾經與這神棍攜手辦過一場風中凌亂如夢似幻的打鬼事件，他還是要稱對方為神棍，這跟事實真相無關，跟自己的堅貞信仰有關。

這信仰就是——愛搞神祕的人都給老子去死！

迎風騎車的白霆雷意氣風發大吼著他的信仰，路旁的媽媽忙對身邊小孩指點，那人是流氓，別看他。

群青巷位於七期重劃區內，運河由中央筆直穿過，將重劃區隔開成兩個截然不同的天地，左半邊建築物櫛比鱗次，呈現新都市繁榮氣象，右邊則都是低矮平房，小巷穿插雜亂，白霆雷熟門熟路地將車停在其中兩條巷子交會頂口的一座土地廟旁。

貳·

謹防髑髗夜走，小心蛇鱗入身

破落的小土地廟裡還有香火，附近居民對神明依舊崇敬有心，早晚都有人來上香，供桌上香火水果從沒斷過，供桌之後卻沒有泥塑石雕的土地爺，就一塊石碑，上刻福德正神香座位，廟外對聯寫著：福蔭全鄉慶，神庇萬戶安。

白霆雷下車，大大咧咧朝廟旁喊：「把菸給戒了，阿七，那玩意對身體不好。」

白霆雷對之說話的那個人正蹲在土地廟旁，是位氣場堂皇、劍眉星目的青年，身上汗衫滿是髒汙，身旁擺置黃色公安帽與十字鎬，矯健的身材與古銅色的肌膚，雖然會讓人一眼認為他是位建築工人，但——

他其實是這間小土地公廟裡的廟祝。

讓我們來看看，關於教育部國語辭典裡是怎麼解釋「廟祝」的。

「廟祝」——主管廟內香火事務的人，或稱為「廟公」或「祠祝」。

白霆雷內心的國語辭典則是這麼說的：坑爹啊你妹！當個廟祝也當得這麼有型，比犀利哥還犀利啊有木有！這相貌這身材不去伸展台上當個賣笑的男麻豆或健身房裡的猛男教練那就是暴殄天物了草泥馬！

阿七當然不知道警察大人內心的怒吼，他原本正埋頭專心看手中的信，看得表情猙獰，也不知信裡寫了何種驚悚的內容，讓他都忘了撣掉已經積了起碼一公分長的菸灰，聽到招呼終於驚醒了，頭卻連抬都不抬。

「來找鍾先生？」

白霆雷黑著臉默認了，又揚揚手中滿滿一塑膠袋的水果，說：「吃水果比抽菸健康，把菸丟了。」

阿七起身接過水果，又往群青巷裡看了一眼，「鍾先生今天心情不錯，桃花院落裡的氣場也好，你安心過去吧。」

「你真了解我……該不會你也常被那隻神棍欺負？」白霆雷幾乎要垂淚了，啊、同是天涯淪落人。

「鍾先生對我很客氣，但你別誤會他，對於討厭的人，他架子端的比誰都大，對你他心眼還算不錯的。」阿七解釋。

翻了翻白眼，白霆雷想起那人欺負自己的手段，簡直要吐血，這叫心眼不錯嗎？

「對了，你看什麼信？情書？」警察嘛，任何奇怪的徵象都想求個明白。

「不。」阿七嘆了口氣，「算是、家書，有親戚要來借住，我……」

貳・

謹防髑髏夜走，小心蛇鱗入身

「是討厭的親戚？不喜歡就趕了。」白霆雷覺得這事很好解決。

「趕不得，這親戚地位比我高。」阿七模模糊糊說了句。

這算是家務事，白霆雷也不便多說什麼了。

「阿七你幫我看一下機車，我去去就回。」

阿七揮揮手表示沒問題。

群青巷其實就是一條普通的巷弄，幽深靜謐，右邊一排是舊式平房的後門，少人出入，左邊卻是一間紅磚青瓦三合院，建築古意盎然，竹籬笆圍起一片清靜院落，院中右方種了一株高大桃樹，花期早該過了的喬木卻依然如火如霞，空氣裡全是淡淡的幽香。

這裡就是鬼事顧問鍾流水所居住的桃花院落，而桃花樹下逍遙椅中，青衣藍裳俊雅翩然、喝酒喝得一臉醺然的年輕人不是他還有誰？

看到就有氣，白霆雷隔著竹籬笆指著他鼻子罵：「大白天喝成這樣，你都快成酒渣了！」

鍾流水微眄，一雙桃花眼雖然讓他面貌陰柔了些，右半邊臉頰靠太陽穴附近的一個蝙蝠形淡粉色胎記卻讓他多了點厲冽英氣，簡直就像是響尾蛇那條嘶嘶作響的尾巴，隨時隨地警告著人，他不好惹。

但白霆雷是初生之犢不畏虎，他老覺得自己跟顧問不對盤。

鍾流水搖搖酒杯打了個酒嗝，紅紅的一雙桃花醉眼增添了些許瀟然風情，對白霆雷的喝問卻是不痛不癢。

「……哥喝的不是酒、是寂寞……」

「寂寞你妹啊寂寞……啊、痛！死神棍你幹嘛拿酒杯砸我！？」白霆雷氣沖沖地撫額頭，翻過籬笆就要找砸人的神棍算帳。

酒醉模樣全不見了，鍾流水嘩的一聲站起，看過「變臉」這部電影沒？電影裡的變臉還得動手術呢，但神棍法門無數，抹個臉就惡鬼猙獰。

「我妹怎麼了？沒人能在我面前拿『我妹』這兩個字來說嘴。」鍾流水朝院落裡正低頭啄著土裡蟲子的小白雞吆喝：「小玉，教訓小霆霆！」

白霆雷剛才話一出口就知不妙，他怎麼會糊塗到忘了鍾流水不但腹黑、心量狹小，更是標準的妹控一隻呢？「XX你妹啊XX」就只是句網路流行語，絕無惡意影射任何人、事、或組織，如有雷同純屬巧合啊！

心裡後悔的要流淚，但白雞小玉可不給他後悔的機會，牠一直看菜鳥警察不順眼，如今得了

貳．
謹防骷髏夜走，小心蛇鱗入身

主人飭令，哪還有不盡心盡力辦事？

好小雞，只見牠——

小冠豎起沖天翎，踴躍崢嶸怒目睛；

膽敢口頭佔便宜，啄你啄到喊媽咪。

拍翅綳起，尖嘴看準白霆雷頭上一啄，但白霆雷也不是省油的燈，手裡頭裝著酒瓶的禮袋充當武器一揮，小玉趕緊空中學蜂鳥倒退飛絕技，避過禮袋，等白霆雷力道不濟，牠就迅猛往下再擊，利爪往肩膀下抓，竟功，痛得白霆雷唉唉呀。

「笨雞你！我吃了你、我總有一天把你燉了、烤了、炸了、蒸了、燙了做檸檬雞！」

咯咯咯，我小玉才不怕你呢，笨警察！

人雞混戰，鍾流水負手觀賞好戲，呵呵呵，好久沒看鬥雞了，小玉這傢伙的戰技又精進了些啊，對，好好調教菜鳥警察，把規矩都忘掉了怎麼可以呢？

此時有人從屋堂衝出來，卻是個十六、七歲左右的少年，純真可愛的他也有一雙水水桃花眼，正是鍾流水的外甥姜姜，只見他動動鼻子面現喜色。

「我聞到了巧克力，小玉你給我住嘴，不許欺負白叔叔！」

咯咯咯，是主人命令我教訓他的。小玉忙撇清關係。

姜姜瞪完了小玉，目光繼而精準地瞄上白霆雷手中的禮袋，這年紀的小朋友沒有不愛巧克力的。

白霆雷淚，為什麼才二十幾歲的他會被個小他不過幾歲的高中生喊成叔叔呢？不過他沒忘了今天來桃花院落的本來目的，於是把小朋友招來，從禮袋裡拿出巧克力送過去。

「別一下吃太多，容易上火。」

姜姜一跳一跳過去，對白霆雷說：「白叔叔幫我拿著。」

白霆雷想也沒想就接過，一看，兩顆雞蛋，大驚，「你家小玉真下蛋了？牠是公雞、是公雞吧？難道是披著公雞皮的老母雞？」

「不是啦，我本來打算中餐吃荷包蛋，既然有巧克力，就先饒蛋一條命。」

姜姜說完又回頭問舅舅跟小玉吃不吃？小玉在他腳邊鑽來鑽去，對巧克力有點興趣，鍾流水卻搖搖頭，坐回他的消遙椅裡，朝白霆雷發號施令。

貳．

謹防髑髏夜走，小心蛇鱗入身

「小霆霆，撿回來。」

「撿、撿什麼？」白霆雷聽得無頭無腦。

「酒杯啊笨蛋，沒酒杯我怎麼喝酒？」

白霆雷不自禁又摸了摸額頭，剛剛鍾流水那一手快狠準，把自己砸得頭暈眼花，摸上去刺痛刺痛的，恨死，於是悻悻然說：「杯子你自己丟來的，自己撿。」

鍾流水彎身脫下自己的夾腳藍拖鞋，半瞇眼朝白霆雷比劃，威脅之意顯而易見，害白霆雷眼皮一直跳，下意識的心驚膽顫，可惡，這神棍一定是他的剋星。

遷怒到右掌中兩顆嬌弱的蛋殼，差點把蛋給捏破，但他忍住了，不甘不願地撿起掉在身旁的酒杯，見上頭沾了塵土，愛乾淨的他順手拿手帕擦乾淨，這才遞回給鍾流水。

「長官給你的酒我送到了，另外他讓你陪我出差，這就走吧。」

他一靠近，鍾流水立刻皺眉頭，還用手在鼻子前揮了揮。

「你身上好臭、臭死了，印堂發黑臉色晦暗……你碰上了什麼？」

「我不過去查了個案。切、再怎麼臭也臭不過你這個酒鬼！」

鍾流水毫不客氣在白霆雷身上東嗅嗅西聞聞，「……蛇？」

白霆雷一愣，也往自己身上聞啊聞，連腋下都沒放過，乾乾淨淨，什麼異味也沒有。

鍾流水醉眼射出厲光，低喝：「老實說，今天去了哪裡？」

被那樣的眼風一掃，比冰雹往自己身上打了又打還要寒冽，白霆雷忙解釋：「那個、乾元山一座山神廟，裡面供的蛇神……」

神棍鬼氣森森盯著白霆雷好半晌，他盯著白霆雷好半晌，突然間從懷裡掏出雄黃粉末瓶，往酒葫蘆裡灑了些，仰頭喝一大口酒後化雨吐出，噴得白霆雷一頭一臉。

「欸、太不衛生了！」白霆雷狼狽的用衣袖抹臉，握著拳頭就想揍人。

鍾流水動作更快，由髮中抽出一根牙籤大小的桃枝，扯開白霆雷上衣，衣冠楚楚的警察大人立馬變成濕淋淋兼光膀子的秀場猛男。

猛男狼狽不堪地揮拳頭，「調戲執法人員犯法！」

「調戲？」神棍陰陰笑，「我不只會調戲，還要讓你痛。」

牙籤用力往警察的肝心脾肺腎處狠力刺入一公分深，鍾流水口唸五官訣，「鬼神自滅，妖魅潛行，敢有違者，押赴九冥！」

警察痛得哇哇叫，「襲警！臭神棍你襲警啊！你牙籤上消毒了沒？我好心給你送酒來你

貳・謹防髑髏夜走，小心蛇鱗入身

還……」

「雄黃酒去你身上蛇毒，至於刺的這五下，是我用『五官驅役鬼神法』刺激你身上肝心脾肺腎五種器官，喝令體內元神驅趕蛇氣，別給我大驚小怪。」施完了法，鍾流水不耐地解釋。

原來從前人出外經過荒山野嶺神祠古廟，很容易被妖怪侵犯，這個法術是將自己體內器官視為統帥的五官，以心為主宰來喝令體內運用元神驅趕侵入的陰物，達到自救的目的。

附帶一提，其實桃枝刺入胸口半公分處就能將驅邪之力送入五官，鍾流水一方面嫌白霆雷吵，二方面氣還沒消，故意刺深些，要叫就讓他叫大聲些，娛樂給桃樹灼華跟小雞看。

白霆雷痛完之後，就覺得胸口鼓悶鼓悶，抓著喉嚨吐出了個小東西，鍾流水攔住，光線照耀下，那東西閃出金色的光芒，居然是一片十元硬幣大小的鱗片。

「你說這是什麼？」活像怨婦正拿著從老公西裝口袋搜出的酒店小姐名片質問道。

白霆雷愕然，「我今天沒吃魚……」

鍾流水把那鱗片湊到鼻子前聞了又聞看了又看，舔了那東西一口嚐味道，又抬到眼皮上檢視，半透明的鱗片將光線折射了，彩色光暈灑了他一頭一臉。

「……原來靈蛇一族還有後裔留在世上……」末了他自言自語，嘿嘿哈哈笑起來，眼一轉又問警察：「舒服些了吧？」

白霆雷答不出話，那片鱗一吐出來，他胸口也不悶了，不久前的疲累感煙消雲散，也不知道是不是心理作用。

「是蛇鱗。」鍾流水解釋：「就跟人的頭髮指甲一樣，蛇鱗是蛇的一部分，與本體有關連。蛇屬陰物，最喜歡人的陽氣，這蛇鱗卻也吸不了多少陽氣，頂多做做標記而已。」

「聽你掰的咧……」白霆雷嘟嘟噥噥。

鍾流水將杯中酒一飲而盡，「總之，入山小心，鬼物最能勾引鬼物——」

白霆雷覺得再聽他胡謅下去的話，自己乾脆改名叫白癡雷算了。

把雞蛋放茶几上，他提醒神棍出門了。

鍾流水卻擺弄手中的蛇鱗，興味盎然地問，「先跟我說說你上午遇見的東西。」

白霆雷搔搔頭，「就是怪裡怪氣的案件……我們小組雖然被暱稱為鬼事組，也不應該把見鬼事件都推給我們啊，送去精神科都來得有建設性……」

「我猜，跟蛇妖有關？」鍾流水換了個舒服的坐姿後，問。

白霆雷一愣，「哪有蛇妖？」

貳・
謹防髑髗夜走，小心蛇鱗入身

鍾流水晃晃手中的鱗片，問：「你以為這是什麼？」

「魚鱗。」

「你到底有沒有聽到我剛才說的？這是蛇鱗、蛇、鱗！」鍾流水放棄跟這位白癡菜鳥警察辯白，「算了，你繼續說。」

白霆雷把明雲村裡發生的骷髏頭事件一五一十說給了鍾流水聽，又給他看了幾張猝死村民的照片。

鍾流水對著照片發了好半晌的呆，最後說：「根據你的說法，山下發生的事情應該是『髑髗夜走』。」

「『髑髗夜走』，什麼鬼東西？」

「髑髗是指死人的頭，藏傳密宗裡會以人頭製成顱缽，做為儀式裡的祭器。」鍾流水曲掌搖弄，彷彿正捧著他口裡所說的人頭顱缽，「遭遇謀殺或處決的遺骨所製造的顱缽蘊含無比力量，這觀念傳過來，就遭到有心人士的利用。」

白霆雷搖搖頭，不懂，「人死了就該入土為安，用頭骨能變出什麼五四三？」

鍾流水白他一眼：「用處大了呢，有些修道者不循善道修行，找到惡死者的頭骨煉成『髑髗夜走』，夜晚驅使它去吸取熟睡者的陽氣帶回來，採陽補陰走捷徑，哼、那樣得來的仙道根基不穩，最後終歸吃苦頭。」

白霆雷倒是聽過採陽補陰，古代妖物化身美女，夜半去吵不睡覺的思春書生，把書生弄得不像人。

鍾流水打了個酒嗝，也不耽擱了，說：「乾元山上屍氣橫溢，加上山形特殊，容易滋養鬼物，還是去看看吧……」

「我去就好了，你留在這裡喝酒。」白霆雷有點想改變主意，天，他堂堂一個警察帶著酒鬼到處晃，傳出去就別混了。

「也對、喝酒好……怎麼說的？勸君終日酩酊醉，唯有飲者留其名啊……」

白霆雷愣了一愣，接著破口大罵：「留名留個頭啊，當醉鬼還有那麼多理由好說，我都替姜姜的未來擔心了靠！還有還有、你找蛇的動機不單純，不過想抓蛇泡酒吧？你不去也好，我能搞定一切！」

啊啊、鍾流水振作起精神，那條蛇！

「我改變主意了，現在就出發。姜姜你乖乖看家，肚子餓了就去章魚同學家蹭飯吃。」神棍

貳・
謹防髑髏夜走，小心蛇鱗入身

起身，還不忘帶上他的小酒葫蘆。

「噢，知道了，舅舅再見，白叔叔再見。」吃得滿臉都是巧克力的姜姜快樂揮手。

「都說我來搞定一切……你、你、你個酒鬼、不喝酒會死喔你、你敗壞我們警方形象……」

白霆雷罵的根本是停不下來了。

「小玉啊，替我謝謝小霆霆熱情的關切。。」

小公雞咕咕咯咯，調教頑劣的刑警牠最嗨了呀，正是——

金喙鐵爪顯威風，小雞放膽啄啄啄；

昂昂頭冠熾血染，襲警不需問緣由。

鬼事顧問、零貳。髑髏夜走。

【第參章】

腳踏蛇跡處處，
手揮花雨漫天。

明雲村位於登山道的扼口處，白霆雷基於私心，上山前又去了村長家一下。

村長他媽迎出門來，熱情得很，「喔哦警官先生進來坐……還帶盆友來，哦呵呵，阿梅倒茶給客倫。」

鍾流水眨眨眼，剛才坐機車後頭吹風的他早都酒醒了，扯扯司機的袖子問：「來這幹嘛？」

「呃、問案，我覺得村長應該能提供更多被遺漏掉的細節。」嘴巴這麼說，白霆雷暗裡還是想找到金絲美眉，重續前緣。

屋子裡出來個結實黑皮膚妞兒，人笑得靦腆靦腆，端了茶盤出來，白霆雷眼神掠過她往屋裡頭再瞧，好像沒別人了。

「金媽媽，你孫女兒不在？」他流著口水滿懷希望問。

村長他媽掩嘴哦呵呵笑得花枝亂顫，指指黑妞說：「阿梅就素偶孫女啦，倫乖又顧家。偶跟阿梅縮了警察先生泥很帥，阿梅縮泥有女朋友也沒關係，還素口以素素看。」

白霆雷當場被ＫＯ！

鍾流水聽著這對話，很訝異地用手肘一推旁邊人的肚子，說：「原來你人氣挺高的。」

白霆雷為了面子，厚著臉皮承認，「那當然，我人品高薪水好，美眉都搶著要……」

自吹自擂到一半，鍾流水悠悠插嘴：「……他們還沒發現你是白癡吧。」

白霆雷一口血壯烈吐出，最後他決定別理神棍，指著阿梅問了村長他媽一個十萬火急的問題，「她就是妳孫女？妳有幾個孫女？」

「啊偶就一鍋孫女，還有兩鍋孫子討老婆溜。」村長他媽很得意。

白霆雷灰頭土臉了，猛然間又想起，金絲美眉的確沒說自己是村長的誰誰誰，看來自己會錯意，但沒關係，路在嘴上，這村也就丁點大，一定找得到。

「金媽媽，這裡有個叫做金絲的女孩子吧？」他滿懷希望地問。

「沒有沒有，沒這個倫。」村長他媽先搖手，接著又說：「警官想要到附近走走的話，偶讓阿梅陪泥們。」

總之村長他媽費盡口舌就是要把孫女湊到兩人身邊，白霆雷想推掉，鍾流水卻頷首。

「我想看看有骷髏頭侵入過的房間，阿梅小姐方便帶嗎？」

阿梅有些為難，村裡很多地方在辦喪事，往哪走都不對，但鍾流水對她和氣親切，臉上就算有奇怪胎記，還是一等一美男子，她心頭怦怦跳，怎麼也拒絕不了，最後領著他們往最近的一間紅磚平房去；裡頭原本有老頭子獨居，是村子裡第一位猝死者，村長幫忙安葬了，屋子還空著。

鍾流水一踏入屋內就皺眉，好強烈的陰氣啊，讓他原本柔順披在肩膀上的頭髮都亂翹起來，他立刻回頭要阿梅退出，因為女子屬陰，陰上加陰，對阿梅會產生不好的影響。

「有鬼來過。」他對白霆雷說：「本質既凶且陰，很符合『髑髗夜走』的特性。」

專業神棍出門前自然有所準備，從隨身袋裡掏出羅盤。這羅盤包含了天上星宿、地上五行、天干地支等等的各層次訊息，指針則是特殊磁鐵，對陰陽兩氣的變化敏感，不但是風水師探勘必備的基本工具，也是道士探妖的好道具。

如今羅盤上的指針正不斷晃動，很快指向了窗外某個山頭。

鍾流水出去後問阿梅，剛剛羅盤指針指著的方向有什麼怪異之處。

阿梅辨認了一下山頭，回答：「老人家都說那處山頭是山神定居的地方，我們平常不靠近，怕惹山神不高興。登山客不小心亂闖的話，回家後會生病。」

離開紅磚屋後，鍾流水又在村子裡走了幾步，發現羅盤指針還抖個不停。

「總覺得不太放心，這鬼物應該不是普通的山精水怪……或者該……」

「你放心，很快這裡就會裝上幾台監視器，能拍到對方的真面目。」白霆雷信心滿滿。

「……就知道不該信任你們。算了，這村子不大，弄個簡易的防禦也不費工夫。阿梅妳帶我們繞村子走一圈。」鍾流水又是大大剌剌交代。

阿梅是老實巴交的鄉下女孩，也不會對神棍存疑，帶著兩人在村裡走來走去，然後白霆雷就發現鍾流水拿著羅盤看看天、看看地，口中唸唸有詞。

他忍不住問了，「你搞什麼鬼？」

鍾流水觀察完明雲村的地形，最後說：「這村子中邪了，我決定也弄個『五官驅役鬼神法』……」

「咦，那不是你弄在我身上的花招嗎？村子不是人，哪來的肝心脾肺腎？」白霆雷吐槽了。

「做人要宏觀哪你這死腦筋警察。以陰陽學來看，山河大地、城鎮村落無一不是陰陽相合的體現，跟人體一樣有五臟六腑的對應處；只要我能點出明雲村的五官位置，就能用同一招來趕妖魅。」

我哪裡不宏觀啦？我心胸開闊大肚能容！警察大人肚子裡憋了話想辯解，但鍾流水已經開始忙幹活了，他也只好摸摸鼻子跟在後頭。

要定位村莊的肝心脾肺腎，有經驗的道士做來得心應手，很湊巧的，鍾神棍正是經驗值高到破表的那種，羅盤在手，陰陽自在操控，他找到五官位置後，往後腦杓一抓就是一根筷子般長短粗細的桃枝插入。

位置恰好都在泥土地上，小小桃枝毫不費力沒入地裡，也不怕人經過時磕著，能禳邪除凶的桃枝在這裡發揮的將是強心針的作用，讓五官發揮更有效率的工作，將鬼物驅除。

不知道是不是錯覺，白霆雷在鍾流水第五次插入桃枝時，耳朵聽到熱流於村莊裡頭奔騰，就好像夜晚睡眠時，血液在血管裡咆哮的奇妙聲音一樣。

是有些名堂啊，這個啥「五官驅役鬼神法」。

阿梅接著帶他們去山神廟，三人很快穿廟往後頭小屋去，卻在油黑門簾前被阿梅擋下來，她害怕地說：「神婆很凶，她討厭任何人到她屋裡去。」

「上午金絲小姐才帶我來過，沒問題。」白霆雷拍拍胸，回頭看了一眼鍾流水，依舊嚇一跳，「你的頭髮是怎麼回事？上髮膠了？」

鍾流水摸摸自己東翹西翹的髮梢，再度苦惱，桃木之體本來就對陰氣敏感，這小屋看著平常，陰氣卻比千年古墓還詭奇，不祥之感陡升，他再度掏出神棍必備專用法寶羅盤探看，這回羅盤轉動的更快，基本上看不清楚指針的轉速了。

他把白霆雷往屋裡推，「你先探探。」

參．
腳踏蛇跡處處，手揮花雨漫天

白霆雷跌撞鑽入一片漆黑之中，正想回頭罵人，扭頭瞬間瞥到上方亮晶晶的什麼一閃，腥味入鼻，下意識就往旁一跳，接著上頭唰啦啦落下一條條不知名之物，藉著入口射入的光線再一看，那些都不是蟲，而是一條條粗若兒臂的小蛇，色彩斑斕頭呈三角，摔到地上後有志一同往白霆雷褲腳鑽，嚇得他連連往後避退。

「蛇！有蛇啊神棍！」

阿梅一聽到有蛇，慘叫一聲昏倒了，可惜了她一身的虎背熊腰，原來是外強中乾。鍾流水卻是不慌不忙，鬥簾外頭仰頭喝一口帶來的酒，卻不嚥下，酒水化為酒雨噴入門簾，全灑在蛇群之上，蛇群沾水之後全冒出縷縷白煙，蛇信聲嘶嘶嘶嘶的亂成一團。

白霆雷想起鍾流水的酒水裡早就摻入雄黃，自古以來都說雄黃能制五毒，他忙喊：「有效！」

鍾流水踏入了小屋，眼中精光一閃，一拍葫蘆底，口唸咒曰：「千年萬年大鵬鳥，逢蛇要捉逢虎拿！」

酒葫蘆裡一道黑光跑出，遇氣凝結成一隻鐵嘴蛇鷹，蛇鷹展翼後幾乎就佔了屋子一半空間，牠衝到蛇群前側轉，用鐵板似的翅膀把蛇群打的骨斷皮破不能動彈，又用爪子擰蛇頭、撕蛇皮、吃蛇肉，沒幾分鐘蛇都進了牠肚子裡。

吃完之後，牠的一雙鷹目熚熚盯著白霆雷，好像沒吃飽似的，弄得菜鳥警察皮皮剉，恨不得掏出槍枝立刻斃了鷹。

鍾流水拍拍葫蘆，又把蛇鷹給召回去，白霆雷睜亮了眼睛大半天，不相信那小小的葫蘆怎麼裝老鷹。

鍾流水手一晃，桌上的蠟燭就燃起來了，一燈如豆，能提供的光源有限，但對於鍾流水這樣的仙人來說，其實夠了。

「蛇用來防人闖入，這裡肯定有古怪。」他猜測。

「我去申請搜索令。」白霆雷說完就要衝出去，他其實害怕還有蛇從頭頂上掉下來，能早點遠離早點好。

不料卻被被鍾流水拍了頭，「搜什麼索什麼令?現在就給我找，有什麼都給找出來!」

「擅闖民宅不告而取是違法行為，我不能知法犯、那個、法……」

警察正氣凜然拒絕到一半，人家鍾流水已經從地下撿起一件灰色大罩袍，白霆雷認出那原來是神婆穿在身上的東西。

參・
腳踏蛇跡處處，手揮花雨漫天

「這衣服很臭啊。」鍾流水還翻來覆去檢視。

「很臭你還撿？」

「我說臭，是指妖味臭。這是神婆的衣服？」

「對，這裡悶熱，她卻用這衣服把自己包得緊緊，連腳都不讓人看。」白霆雷說。

鍾流水隨手將衣服往旁一丟，繼續東找西找，先看到一把生鏽的大砍刀，他皺了皺眉，唉呀，這是神婆在山裡古戰場上撿來的吧？砍過人，所以有血氣。他接著定眼於牆邊一個奇怪的土罐子，那罐子分上下兩層，下層口闊圓肚有耳，開口的大小剛好能承接狹長的上罐，兩者嵌合後不露縫隙。

「呀、居然是陽城罐。」鍾流水眼愣，「很久沒見這東西了，骨董啊！」

「骨灰罈？」

啪的一聲，白霆雷被拍頭了。

「你什麼時候見過連體嬰的骨灰罈？這是古代丹鼎派拿來煉丹的丹罐，分雌雄兩部分，上下相合，耐久燒，不容易走丹，可惜啊可惜，後世的丹客為了貪方便，都改用素燒陶罐來煉丹，效果就大大打了折扣……」

警察先生對道家煉丹這種事情是門外漢，他只好奇罐裡有什麼。走過去揭開上層鐵盞蓋口看，臭雞蛋似的硫磺味撲鼻而出，嗆得他立刻倒退幾步。

「操、這其實是泡菜罐吧？」他大叫。

「應該煉了藥……」鍾流水很不確定地說：「這陽城罐有些年歲了，但保養的很好，神婆對煉丹很有講究啊，就是不知她煉哪種丹藥……」

管她煉的什麼丹，白霆雷一概沒興趣，抓著鍾流水走出去，阿梅也正好悠悠轉醒，一睜眼就叫有蛇有蛇。

「沒蛇。」

鍾流水睜著眼睛說瞎話，卻又回頭小聲對白霆雷耳語：「住山腳下卻連蛇都怕，這女孩不適合你，找個大膽的比較好。」

囧，白霆雷壓根兒也沒說過喜歡阿梅吧。

把阿梅支開後，鍾流水攥著白霆雷上山，他就是想找到那條蛇，再說山裡一但入夜陰氣就重，最好能在天黑前離開，他能護得了自己，卻不保證能護得了白霆雷這麼個不開竅的大活人。

參・
腳踏蛇跡處處，手揮花雨漫天

乾元山山勢不高，但地形多元，豐草茂密幽然宜人，間有潺潺溪流，適宜各種遊憩活動，加上林務局修了登山步道，直上山頂後視野開闊，能將整個田淵市盡收眼底，每天都能吸引許多健行愛好者登高望遠。

但這樣的一座山能引起的詭異傳言也不少，據說幾百年前此地發生過襲擊戰役，士兵們客死異鄉的不少，冤魂日夜駐留於此，因此山區裡發生的鬼怪事件從來沒停過。

愈是如此，好奇上山的民眾也就愈多，此地更是大學迎新活動必選定的試膽地點，難怪鍾流水常會喟嘆說：現代人早已忘了敬畏鬼神之道。

但、鬼神真的隨時隨地都在窺伺著侵犯領域的人類嗎？菜鳥警察白霆雷對那種無法以理性推理的形而上學沒興趣，他現在唯一關心的是：機車的寬版輪胎足不足以安然通過碎石遍佈的崎嶇山徑。

「神棍你到底要上哪裡去？為什麼專讓我往怪路鑽？」

警察騎著騎著都狐疑了，這產業道路專往山民開墾的田園去，平日會經過的小貓沒兩隻，兩旁雜草比人還高，只有鬼才會往這裡來。

「嗯、我找個管區的……」

「林務局嗎？我們早就連絡過了，這山裡沒有高經濟價植的山產，盜採盜獵者不來，更沒有大型山獸出沒……」

「住人的地方有土地爺，山林裡自然也有山神，林務局什麼屁也不知道。」鍾流水哼了一聲完又抱怨，「悠著騎穩些，顛的我兩顆蛋都要破掉了。」

這話弄得白霆雷差一點握不住手把，好不容易穩住車頭，才又回頭輕斥：「蛋、蛋蛋哪那麼容易破？神棍就是神棍，說話不誇張就蛋疼……」

「你看。」一隻手掌裡握兩顆白雞蛋往前伸，「蛋殼上有小小裂縫了，要不是我護得好，待會拿什麼東西釣……」

「你帶雞蛋上山幹嘛？你以為乾元山上有溫泉可以煮溫泉蛋嗎？」白霆雷炸毛了，這蛋面熟面熟的，不就是姜姜遞給自己，又被他丟到小茶几上的兩顆？

鍾流水自在地欣賞風景，沒正面回答問題，過一會又說：「你騎車技術真差，比不上我的白澤。白澤就算在最險峻的山中騰躍也如履平地，若是有牠在，我又何必忍受這顛簸之苦？」

更別說那乖乖聽話的模樣，啊、萬般想念白澤的好。

白霆雷可好奇了，他老是聽到神棍提起白澤，也說過自己是神虎白澤，於是小心地問：「白澤到底是人是動物、還是哪款新車型？」

「白澤是我養的老虎啦，虎為山之王，更是好坐騎，你爛車的性能跟牠是天差地遠沒得比！」

白霆雷氣死了，千里迢迢載人上山，還被嫌車子不好，乾脆一個急煞車，晃動的車尾將碎石路颳起一道塵煙。

「下車！」鑰匙反扭，熄火，他說著捋起袖子，這回不管大欺小的問題了，非得跟不識好歹的人幹架。

鍾流水訝異地跳下車來，「小霆霆你厲害，對、羅盤指的山頭就是這裡，你知道這裡有古怪。」

啊、咦、有古怪？白霆雷的拳頭就這樣定住，他停車是為了把神棍揍暈後一走了之，不是因為發現了異狀。

環顧了一下，他車子正好停在一處山壁前，另一邊則是斜降到溪邊的小坡，這裡離山底有段距離，附近沒山屋沒工寮，只有小鳥啾啾啾啾在不知名的樹上叫。

「到底哪裡有古怪？這裡很正常啊。」

鍾流水指指一旁，原該欣欣向榮朝上生長的大片草木，卻有大型物體被拖動過的痕跡，攔腰而倒的的雜草之上泛著枯焦的黃色，就像灑了枯草劑一樣，上頭還沾有銀白色黏濁液體。

這下連白霆雷也覺得不對勁了，幸好四周沒有人的腳印，要不他會往棄屍案推測；正想蹲下身來拔幾根草來研究黏液，啪的一聲，他的手背上挨了清脆一大下。

「笨蛋，那是『蛇跡』，有毒的。」

「蛇爬過的痕跡？」白霆雷收回賤手，死神棍，打人還真痛。

「毒蛇有煞氣毒氣，會齧咬草木來洩毒，被咬過的草木因此含了蛇毒，就是『蛇跡』，你要碰上也會中毒。」說完嘖嘖搖頭，「這蛇看來起碼修行了千年，毒氣熾盛，不好對付呀……」

白霆雷聽得心一突，吶吶問：「嘿、神棍啊，難道你說的……管區在這裡？見鬼了，不、這裡連鬼都沒有，你喝酒喝多生幻覺了吧？整人不帶這樣整法……」

鍾流水不理他的碎碎唸，噹噹，直接從口袋裡掏出法寶，一時間白光耀眼瑞氣千條，差點沒炫瞎白霆雷的狗眼。

「靠、這什麼？」不可置信、白霆雷發現神棍居然又掏出了他的……

「不就是雞蛋嗎？」鍾流水心裡也冒出一個靠，笨警察問的什麼笨問題？

參·腳踏蛇跡處處，手揮花雨漫天

白霆雷悲傷的發現自己又被鄙視了，但是不能怪他呀，此時此刻，就在恐怖毒蛇出沒的草叢中，鍾流水你他喵拿出兩顆雞蛋要幹啥!?

鍾流水隨手將兩顆雞蛋放在沾有蛇跡的草叢裡，測了一下風向，想想蛇是以嗅覺為主的動物，立刻招白霆雷過來。

「幹嘛？」不情不願的湊過去。

「借你的手用用。」

「不借。」

神棍的職能之中，最強的一項就是自動屏蔽語音系統，所以也沒將警察的拒絕聽進耳朵裡，把人的手抓來後，指甲劃過，警察中指負傷，傷口滴血到白色的蛋殼之上。

迅雷似的收回手，白霆雷慘叫：「你幹嘛？你手消毒了沒？過時神棍聽沒聽過破傷風這麼先進的術語!?」

「噓。」鍾流水在意的是另一件事，拉了警察矮身躲往下風處，小聲又說：「別讓牠聽見。」

被誰聽見？白霆雷心底大概知道個答案，話到口邊卻怎樣也吐不出來，只能乖乖地跟著神棍蹲著。

等著等著十幾分鐘過去了，白霆雷很無聊，看看自己的手指頭，傷口雖然小不拉嘰，可中指連心，刷那麼一下也使心臟受到了不小的震撼，讓他想起還沒找人算帳呢。

「把血灑在雞蛋上頭又是哪一招？」說著說著白霆雷又握起了拳頭。

「欸欸別用力，傷口又破了！」鍾流水心疼溢於言表。

受寵若驚啊白霆雷，神棍可終於懂得關心他人了，害他也不好意思起來，嘿嘿笑著說：「這也沒什麼，男子漢大丈夫，不在乎小傷口。」

「你是陽年陽月陽日陽時出生的四陽鼎聚之命，血裡陽氣強烈，妖怪喜愛鬼最怕，太珍貴了，別浪費。」

這附近有沒有牆？白霆雷想拽著神棍的頭撞爛算了。

就在這時，頭上颳過一大片腥甜陰風，沙沙嘶嘶聲由遠至近，白霆雷眼睛雖沒看見東西，本能的知道有敵人靠近了，而根據剛才神棍的表現，這敵人是非人類的可能性非常高。

身為保家衛民的警察，心態上不該怕區區一條蛇，但靈長類天生怕蛇避蛇，這種害怕的心態根源於祖代，而人類在成長過程中又受到家人及師長的影響，對蛇類產生諸多誤解，視蛇類為夙仇，這讓白霆雷不由自主冒了一大片冷汗。

但他明明連蛇的影子都沒瞄到個邊。

一旁的鍾流水卻很興奮，笑的見牙不見眼，甚至喃喃說出了「笨蛋的血果然厲害，一下就把獵物釣出來了」之類的讚美詞，而白霆雷身體顫抖的幅度卻是愈來愈大，幾秒鐘後頓住，接著倒吸一口涼氣。

大蛇穿過草叢緩緩往前蠕動，牠的身體有一人合抱那麼粗，頭上長了一對惡魔的角，黑質蛇身，兩側各有兩條金紅色縱帶，色彩鮮明的標誌是個警告，這是條毒蛇，還是條巨無霸毒蛇。牠邊移動邊吐信，這麼一個簡單的聞氣味動作，伴隨著逐漸增強的嘶嘶響聲，給人的心理壓力可不是普通的強烈。

這種蛇就連國家地理雜誌的冒險家們都見所未見聞所未聞吧，白霆雷心底倏地冒過種種念頭，他現在就想下山行不行？把大自然的一切還給大自然——

大蛇前來的原因很簡單，牠嗅覺靈敏，聞到生雞蛋的味道就已經興奮，而白霆雷的血是陽中之陽，對牠而言是增進修為的超強補品，樂顛顛就立刻循著氣味前來了。

蛇頭在兩顆雞蛋前搖搖擺擺，這麼一頓珍饈怎麼會突然出現呢？修行千年的大蛇覺得有古怪，小心的朝四處張望，不過窺伺的兩人都在下風處，牠聞不到，也沒想到會有人設陷阱捕牠，而蛋殼上那香噴噴的血氣陽氣熾盛，這隻蛇正處於修練的緊要關頭中，對這樣的好物絕對不可能放過，牠於是打開上下顎——

「動手。」鍾流水突然說。

「動手？」白霆雷愕然。

大蛇正要吞食雞蛋，突然有人從旁竄出，蛇尾立即備戰往敵人抽打。

鍾流水由髮後摸出幾根桃枝射出，那桃枝長約七寸，能達到暗器飛刺的效果，卻聽噹的一聲，蛇鱗把桃枝給擋了開去。

鍾流水這一手也只是先試試蛇鱗的防護能力，見蛇尾再次抽打過來，他跳往一旁躲過，回頭見白霆雷還傻愣愣，似乎拿不定主意的樣子，立刻大吼——

「別發呆，過來幫我對付！」

這一吼倒是把菜鳥警察的魂給叫喚回來了。

白霆雷雖然認為釣蛇這件事情很蠢，又隱隱覺得鍾流水那麼懶的一個人絕不會無緣無故找蛇麻煩，但還是立刻跳出。可這一現身又有些慌，他在警校裡學過各式各樣對付歹徒的手段，可就沒學過怎樣制服蛇呀！

蛇妖修行千年，一眼就能看出鍾流水與白霆雷之間的差異，突然間凌空彈身，嘴巴大張伸出前溝牙恫嚇。

白霆雷慌了，習慣性的從後腰掏出手槍，對著大蛇的腹鱗射擊。

砰的一聲火花四濺，蛇的動作阻了一阻，白霆雷還以為蛇被射穿了，火花散去一看，大蛇中彈的鱗片上連少許撞痕都沒有，人類的武器在千年修行的蛇妖身上竟然跟玩具一樣。

白霆雷都呆了，這蛇鱗是由硬度最大的金屬鉻打出來的吧？怎麼連子彈都能擋？

蛇妖生氣了，雖然沒受傷，但那一下打擊還是很痛，牠凌厲嚎叫洶若馬嘶，草木花樹都被那音波給震得簌簌搖動，蛇妖弓身一竄又攻擊白霆雷，上下顎張開的弧度之大，擺明了就是要一口吞吃掉菜鳥警察。

幸好警察蠢歸蠢，反射動作是天生的，見蛇頭撲來，想也沒想就往旁一滾，剛好避過蛇吻。

鍾流水劍指比天，背後飛起暗紅色桃木劍，劍氣激昂殺機瀰漫，但這樣的殺氣裡卻有桃木清香盈滿，將四周腥甜的蛇妖氣味壓制。

「喂喂喂、拿玩具出來幹嘛!?」警察在一旁大呼小叫。

「因為你的玩具槍不管用……」有人涼涼這麼回答。

白霆雷正想變節站到蛇妖這邊，幫助拿下神棍這禍害，免得再聽到那奚落的言詞，鍾流水劍尖已經指到蛇妖門面。

見狀，蛇妖弓身盤飛躲開，黑青色霧氣跟著噴射湧出。

但神棍早料到蛇妖的下一步動作，跨步欺近，暗紅色的劍影罩住敵方上下左右，將牠逼得狼狽不已，只得橫暴急轉，附近草木山石全被劈砍攪碎，方寸內煙塵瀰漫。

那蛇妖是有些見識的，見桃木劍彩光炫麗，顯然是上古名器，眼前美男子必屬道士一流，牠還未成正果，最怕橫生枝節，立刻決定三十六計走為上策。

粗大蛇尾往地上一彈，反作用力把牠迅速後送，瞬間拉開十幾公尺遠的距離。

鍾流水腳尖一點追上，還不忘回頭喊人。

「小霆霆過來幫忙！」

白霆雷一時間忘了自己最討厭被人喊成小霆霆，舉槍再追，追了幾步才又想起，這蛇有甲冑保護不怕槍，乾脆朝牠的眼睛射，於是停步瞄準那恐怖的紅色豎眼，砰的一聲硝煙盪漾，蛇頭晃了晃。

參·腳踏蛇跡處處，手揮花雨漫天

也算白霆雷射擊技術不錯，這一槍居然正中紅心，但是一等白煙散盡，白霆雷目瞪口呆，這蛇眼怎麼一點事都沒有？

「真、真的是妖怪！」白霆雷握槍的手都有些個抖了。

「笨蛋，蛇眼上有透明鱗片保護眼睛，打眼沒效。」鍾流水白了警察一眼。

而就在說話的這幾秒間，鍾流水抓住蛇受槍擊頭暈的空檔揮劍橫劈，金屬鱗片爆出火花，蛇妖哇哇叫，矮了身就要鑽逃。

「打不過就跑，對得起我、對得起眾妖孽的臉嗎？」鍾流水毫不留情的嘲諷蛇妖。

蛇妖流淚，正邪不兩立呀，當邪不勝正的時候，還不跑就是智商有問題了，管對不對得起誰？

白霆雷在一旁卻是愣了，木劍這麼威？天、自己手中的這把 M6904 手槍才是玩具不成？

這妖雖然落了下風，但牠千年修行不是修假的，仰頭發出震山裂地的嘶叫，一大片黃黑色的颯颯毒氣從牠的嘴裡吐出，青翠的山谷黑霧瀰漫。

兩人的視野因此被遮蔽了。

白霆雷更是頭暈眼花又心悸，他知道那是毒氣，立刻低身閉住了呼吸，瞇著眼睛找毒氣稀薄之處以利逃離。

「蛇妖放屁好臭——」對這臭鼬放屁之招，就連鍾流水也不爽了，伸臂上指，捏訣，「花雨漫天！」

數百、數千片粉色桃花從地上飛起，有智慧的隨著鍾流水手勢翻飛旋舞，香氣登時壓過臭味，而花瓣又龍捲風般在兩人上頭迴飆，接著成覆碗之勢往兩人頭上蓋下。

話說這「花雨漫天」是防禦性質相當強烈的法術，除了能格擋妖氣，達到屏障的效果，更能散發驅邪治鬼的香氣，妖怪避之唯恐不及，當然也包括了大蛇妖。

只見牠翻轉了身軀，竟然藉著花瓣作為掩護，整一下溜個不見蛇影。

花雨凋零，惡臭的妖氣散了，天空重新明朗，鍾流水與白霆雷不約而同張望，後者突然大怒。

「蛇走了，我不玩了，回家睡覺去！」

白霆雷氣死了，對、大蛇倏來乍去，損失最大的卻是他，不但失了血，還動用上槍枝，回去他光是寫報告交代射擊槍彈的動機跟目的，就得耗上一整夜。

「沒錯、我們繼續追吧。」鍾流水卻是笑的一臉蕩漾。

參・
腳踏蛇跡處處，手揮花雨漫天

神棍強人所難的本事比遊戲玩家自動屏蔽語音系統還要威呀！

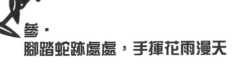

鬼事顧問、零貳。髑髏夜走。

【第肆章】先機制虎狼毒，後續打蛇七寸。

「還追？不、我絕不跟你一起瘋，我……」白霆雷一聽神棍還沒玩夠，本能就是猛搖手。

鍾流水回想起剛剛施展漫天花雨的時候，蛇妖氣息消失的速度太過迅速，搞不好只是暫時銷聲匿跡，實際還躲在附近，立刻指畫眉心，唸開天眼咒。

「擊開天門，九竅光明，速開大門，變魂化神，急急如律令！」

天眼咒唸完，他位於鼻根上印堂位置的天眼就開啟，這天眼跟羅盤不同，羅盤只能追蹤鬼的陰氣，但是天眼卻能進一步看透妖怪的靈氣形態與分佈狀態，鍾流水很快就發現有橘紅色妖氣隱沒於一旁的石壁下。

「哼、原來……」

鍾流水摸摸下巴，十拿九穩那就是蛇妖的痕跡，因為凡是靈物就有生氣，人類、動物與修仙妖獸的氣大抵都是橘紅色，只不過相比於人，妖獸的顏色會黯淡些。

他左手三山訣、右手桃木劍於山壁上畫了個透壁符，口唸穿山透壁咒。

「玉山壁連，薄如紙葉，吾劍一指，急速開越！」

「神棍你又發瘋……」白霆雷在一旁看鍾流水拿劍玩啊玩，照例吐槽，話到一半腳下就開始隆隆震動，他忙喊：「落石、啊、我的愛車！」

肆・
先機制虎狼毒，後續打蛇七寸

一整個撲上去當機車肉罩，等了半天卻沒聽到落石的聲音，白霆雷茫然抬頭，山壁上沒落一顆石頭下來，倒是站在山壁前的鍾流水翻著白眼斜瞄人。

「把車子看得比人命還重要，分不清先後緩急的笨蛋。」

白霆雷又惱又怒，從愛車上爬起來，「你不也把家裡桃樹捧得跟什麼似的，有立場說我嗎？」

「草木有心有靈、但你的車子啊，拆解就成廢鐵，能跟我的灼華同日而語嗎？」

白霆雷知道「灼華」是桃花院落裡那棵桃樹的名字，名字來由或者是取「桃之夭夭，灼灼其華」吧，真巧，就連神棍的名字也隱隱跟桃樹有關，因為「桃花流水鱖魚肥」，也不知神棍是不是故意的，總而言之，一個大男人如此喜歡桃花，還真是詭異又奇怪。

「但……」

他正要繼續說嘴，鍾流水卻朝山壁一揚頭，「別說廢話了，走。你呀，一個大男人偏偏長舌的要命，聽我勸，謹言慎行是美德——」

到底誰才是長舌公？白霆雷的銀牙都要咬碎了，「要撞山你自己去，好走不送。」

鍾流水往旁退一步，指著剛才他畫符的部分說：「『山窮水盡疑無路，柳暗花明又一村』，路在前方不遠求，誰要撞壁啦？」

好吧，警官這下大大的目瞪口呆了，山壁上何時出現了個人高的大洞？剛剛明明啥都沒有。

「神棍你又耍魔術！」哇啦啦喊。

鍾流水勾嘴奸笑，也不知是默認還是懶得回答，他當先跳入那山洞，又探出頭，勾勾手指頭誘惑。

「一起來？」

白霆雷遲疑，那洞裡透出怪異的氛圍，最後他雙臂交叉抱胸說：「……我在這裡等你，順便守車。」

「喔、別擔心。」鍾流水再次勾勾手，這回手指頭有一串鑰匙隨著他搖晃的動作叮鈴鈴的響，「我已經幫你保管好車鑰匙，人偷不走。」

什麼鑰匙？不好的預感陡起，白霆雷忙看向車龍頭，這一看氣血翻湧，立刻衝過去指著鍾流水鼻子喝罵：「你又偷了我的車鑰匙，還我、要不我告死你！」

鍾流水藍色的身影於山洞間一閃而逝。

白霆雷鑽洞急追，裡頭就算有刀山有火海有如花有烈火奶奶，他也一往直前奮不顧身，誓要

肆．
先機制虎狼毒，後續打蛇七寸

將車子的主權給拿回來。

機車鑰匙被搶走的警察你傷不起啊！！

山洞裡視線陰暗，但前方有個小小的亮光，似乎是出口，細微跫音於洞中迴響，人影於圓圓的光中隱約，白霆雷猶豫了幾秒鐘，最後還是鐵了心追過去。

幾分鐘後走出洞穴，原本他以為視野就該豁然開朗了，卻有一座小山林橫在前頭，而天空陰沉，小山林更是透出淡淡的詭異煙霧，腥甜的氣味既潮濕又黏膩，就跟蛇妖身上的一樣。

「啊呀、蛇妖還真有些本事，不但用了障眼法，還佈下另一重寒水煙波陣……」鍾流水居然讚賞起妖怪的本領來了。

白霆雷不懂什麼是寒水煙波陣，只覺得林裡煙霧如夢如幻，美的像人間仙境，但他的腳卻怎樣都拒絕往前跨，本能在告訴他，進入小山林很不優。

「離開這裡，現在。」他轉身要走，腳步一緊，回頭看，鍾流水正拽著他的衣角拖拉，氣死了，「要進去你自己進去，我不跟著一起瘋！」

「既來之則安之。」拉鋸了一會，鍾流水才像是又想到了什麼，「唉，我忘了你現在是凡體，無法承受……」

手一放，正運用全身力氣跟神棍拉扯的白霆雷就這樣往後摔，屁股痛死了，抬起上身正要開罵，鍾流水撲過來把他壓回地下。

救命啊非禮啊，白霆雷突然想到自己是警察，什麼擒拿技防身術都學得精良，怎麼被神棍一壓就失了方寸呢？反抓鍾流水的手腕要化被動為主動，卻聽到一聲獰笑。

「乖乖的啊小霆霆，不會痛唷～～」

有時候心理上的創傷比身體上的創傷還難以療癒啊，白霆雷很想把這道理講給鍾流水聽，但鍾流水抓起警察手掌心快速畫符，口裡喃喃唸咒七遍。

「天門厭鬼門，猛獸自外棄，一切凶惡不得妄起，急急如律令！」

「是不痛、但很癢、喂、真的很癢、停……你到底想幹什麼！？」白霆雷滿肚子納悶，神棍怎麼特別愛在人的身上鬼畫符？撓得他掌心又癢又不舒服。

鍾流水畫完後起身，順勢把白霆雷從地上拉起來，他剛剛在警察身上畫了克制虎狼毒物的符咒，如此一來虎狼不侵凶邪不起，等同於替戰士穿上了高階鎧甲。

「可以了，進去吧。」做好了防禦，鍾流水覺得萬無一失了。

肆・
先機制虎狼毒，後續打蛇七寸

「你耳聾啊，沒聽到我說要進去你自己進去，我不跟著瘋！」白霆雷覺得必須堅持立場。

鍾流水故技重施，當先入了林子，還故意叮叮噹噹地晃蕩著手中的「人質」，弄得白霆雷七竅生煙，心愛機車的鑰匙被挾持，賭上命都得把它給救回來，要不他還是男人嗎？

追！

小山林裡濃霧瀰漫，能見度被侷限於五公尺以內，裸視二點零的白霆雷睜大了眼也瞧不清什麼。

鍾流水眉頭皺得深，這煙霧將蛇妖的生氣給屏障了起來，讓即使開了天眼的他也追蹤不到對方的去向。

「我說、要不要等霧散了再追下去？」白霆雷建議。

「哼哼，我看中的獵物從沒有一個能逃掉的，以為這樣就能甩掉我嗎？就算逃到天涯海角，我都能追上牠……」

「被你看上的人想必都很倒楣……」白霆雷吐槽。

「我踹飛你哦。」神棍瞇瞇笑，又喊：「見諸魅，出來。」

見諸魅是誰啊?白霆雷正想追問，卻見神棍臉上那粉色的胎記起了變化，原本只該是皮膚上異常增生的組織，這時卻從秀氣的臉上崩離出來，抖了抖之後，成了一隻暗紅色蝙蝠，那蝙蝠還會說話呢。

「主人呼喊奴家何事?」聲音嬌柔酥人心骨。

白霆雷瞬間苦逼，神棍的胎記是蝙蝠臥底、還是隻會說話的蝙蝠?還有那「奴家」是怎麼回事?不不不、全都是幻覺，騙不了他的!

「找蛇妖。」鍾流水簡潔交代。

這蝙蝠是鍾流水於地府奈何橋上收服的，平日蟄伏於身上，牠有個本事，能嗅也能聽出陰暗角落裡的鬼魅，比起需要消耗法力的天眼通，見諸魅倒是更有用處的多。

只見見諸魅拍拍翅膀往濃霧山林裡飛去，鍾流水知道牠聽到了動靜，立刻跟著追。

白霆雷還繼續苦逼，回神後，某人藍色的身影早已不見，他進退不得，只好小心翼翼摸索前進，就覺得觸到的樹幹濕而滑膩，說不出的噁心，同時間專心傾聽，卻怎樣都聽不到鍾流水的腳步聲。

「神棍死哪裡去了!」他喊，順便舉起手槍戒備，「神棍、神棍?」

肆．
先機制虎狼毒，後續打蛇七寸

嗓子喊破了也沒聽到回應，而山林比想像中大，白霆雷覺得自己起碼在裡頭繞了幾十分鐘，卻沒脫出林區，焦躁了，卻又聽到左前方出現細碎輕巧的腳步聲，有人或動物正靠近過來。

這林子太奇詭，他可沒天真到認為這裡會出現小鹿斑比一類的溫和動物，再說隨著那腳步聲的逐步接近，他身上的雞皮疙瘩也隨之冒起，心跳怦怦，口乾舌又燥，有大難臨頭的預感……

白霆雷槍口直指，但這小山林裡還有個神棍，未免誤傷自己人，他試著開口確認。

「神棍？」

霧的那一頭沒任何回應。

「你家拉瓜瀑布是世界上最大的瀑布，你家桃花是世界上最醜不拉嘰的桃花，建議神棍你改種梅花，愈冷愈開花。」放開喉嚨扯。

拖鞋、桃木劍或掃把沒一個扔過來，可見鍾流水人不在附近，這要在平常，咱們的警察大人肯定心底暢快，偏偏這時候他只覺得心下發毛，扣在扳機上的手指頭多用上了一分力——

前方濃霧突然間朝兩旁翻滾，像是被無形的刀子給劈了開，金紅色滾邊的深色衣裙冒出來，單調的灰白霧氣多了生動色彩，似曾相識的人影浮現。

白霆雷心一動，試探著喊：「金絲小姐？」

女孩穿霧而來，依舊是大大眼睛水水皮膚，頭上兩顆海螺髻像貓耳一樣萌，她看來驚惶不已。

「救、救命，有大蛇追我……」

「大蛇攻擊妳？」就算對大蛇忌憚，但鋤強扶弱是本性，再說，美少女面前怎麼可以漏氣呢？白霆雷胸一挺，豪氣干雲，「到我後面來，我保護妳。」

金絲嫣然一笑，特意對白霆雷眨了眨眼睛，看來警察的威風果然是收服少女芳心的最佳武器。她躲到白霆雷身後，挨著人家寬闊的背肌，小鳥依人。

白霆雷熱血賁張，金絲小姐靠得好近哦，害他自己的心也撲通撲通跳。

但甜蜜氣氛維持沒多久，頭上濃霧又起了變化，幾團黑氣倏忽往他頭上襲來，白霆雷本來想往旁邊跳開避過，卻想起身後有弱女子，帶著她也不好躲，於是舉槍砰擊，那黑氣竟然應手散滅。

大出意料之外呢，這子彈明明連條蛇都打不透，害警察大人差點對這人造工藝品失去信心，沒想到這時卻能奏效，大概是子彈裡頭有某些成分能壓制妖氣吧，總之，他又重新燃起對槍枝的熱情，一見黑氣又起，再度嚴備。

肆・
先機制虎狼毒，後續打蛇七寸

在他眼睛看不到的身後處，金絲卻也起了變化，她眼睛裡的黑色瞳孔收縮，豎成一道直線，脖子以上的細嫩皮膚龜裂成鱗片的花紋，接著張開血盆大口，滴著毒液的慘白勾牙看準警察的後頸咬去——

「主人主人，奴家找到蛇妖了唷……唉呀、牠……」

鍾流水跟著見諸魅趕到時，正看見蛇妖變化那一幕，根本來不及開口警告了，抽了自己的桃木劍就要射過去，卻又皺起眉頭，因為蛇妖的身體完全被白霆雷給擋住，這劍真要扔出，十之八九倒楣的會是警察先生，但——

笨警察你沒事個頭長那麼高有沒有浪費人民糧食的嫌疑啊!?

但事態緊急，就算是陽氣流滿的體質，真被蛇妖一口咬下，不死也會去半條命。

就在鍾流水斟酌如何救人的幾秒鐘裡，白霆雷也發覺身後有異，回頭正好白森森的一對獠牙咬來，要躲避時真的已經來不及——

異變陡生，毒齒一沾上警察身體，一道光芒從他身上發散，蛇妖慘嚎連連，硬生生被那光芒震得退後好幾步，卻還驚愕的不知道發生什麼事。

幾秒鐘後白霆雷回神，扣槍回擊後跟著跳開幾步，剛好跟跑來的神棍肩並肩。

蛇頭人身的金絲雖然沒受到傷，但近距離接受子彈的衝擊還是讓她晃了一晃，胸口中彈處微微冒著煙，她表情猙獰，卻是不解。

「這、什麼？」她問。

白霆雷自己也如墮五里霧中，啥時他成了蛇牙都咬不進的鋼鐵人？

鍾流水卻突然呵呵笑了起來。

「唉，都忘了我在你身上下了入山專用的『制虎狼毒物咒』，對蛇當然也有效。」

「就是你在我手上畫的亂七八糟東西？」白霆雷訝異地問。

「沒錯。」

白霆雷這下子有恃無恐了，轉而對蛇妖叫陣，「嘿、死妖怪妳變人就算了，還變成個美人，我鄙視妳！妳再咬啊，我現在不怕妳咬了，來吧！」

「……『制虎狼毒物咒』的效力不持久，也差不多該失效了。」鍾流水提醒。

「神棍你前鋒，我掩護你。」

「你的智力與態度都進化了。」

肆‧
先機制虎狼毒，後續打蛇七寸

鍾流水滿意的瞇瞇眼笑。對，進化了，由笨蛋蛋進化到笨鳥鳥。

蛇妖可沒給兩人多餘的打屁時間，少女身形瞬間拉長暴大，衣裙上的金紅滾邊原來就是蛇妖的兩條背紋，至於那本來讓警察萌到要命的海螺髮髻則變形成了頭上那對角，於空中轉折斂身，蛇口大張嘶嘶喊叫，企圖恫嚇鍾流水。

「嘶……嘶……」

白霆雷下意識就是舉槍，被鍾流水擋下，他這才想起蛇妖壓根不怕這輕兵器，倒是神棍的木頭爛劍能弄點效果出來，於是很識時務的退開一旁，把舞台讓給人。

鍾流水提劍迎上，蛇妖不斷顫動尾巴作勢反咬，森森巨牙更加深了此威脅性，但鍾流水戰意充盈，桃木劍迴旋彎轉，擰劍擊刺如蜂若蝶，與蛇妖成了對峙之勢。

隨行的見諸魅更是發揮了能飛行的長處，時不時在蛇妖頭頂上繞啊繞，行干擾之事。

白霆雷在一旁大呼小叫：「吼，左邊……右邊……神棍你行不行啊？把劍給我……」

鍾流水充耳不聞，劍招快若閃電，蛇妖左支右擋有些狼狽，被逼得激發了更強烈的凶性，牠恨到極點，頭部算準了角度橫擺，由牙管噴出黑色的毒液，直往鍾流水噴去。

鍾流水早防範到了，知道毒蛇為了保護自身，都會有幾招特定的攻擊模式，噴毒就是其一，普通的毒液一旦沾上人臉，輕則腫脹重則失明，更何況是蛇妖的蛇毒？

他於蛇前揮出匹練織成的白色光幕，成功將毒液擋了開去。

蛇妖發覺噴毒液沒效，立刻彈跳幾公尺高，身體隱藏在樹蔭濃霧裡。

鍾流水仰頭，頭頂上濃霧又起了變化，成漩渦狀翻攪，呼呼的風聲更暗示上頭蛇妖的意圖。

「退後！」

鍾流水警示白霆雷，後者聽話躲到樹後，神情緊張地追看神棍目視的方向。

說時遲那時快，蛇妖由上空飛來一記甩尾，原來牠飛到了鍾流水頭頂上，改從上方攻擊，成功避過劍幕，直取敵人核心。

鍾流水舉劍劈空，與蛇尾交鋒時發出嚓的一響火花。

蛇妖一驚，確認了那把桃木劍的確有斬斷己鱗的能耐，立刻又噴毒，因為是由上往下噴灑，範圍更加廣泛，甚至能波及到見諸魅及白霆雷的區域。

見諸魅跟著主人降妖的經驗多，知道毒液碰不得，翅膀拍拍飛遠了去，但白霆雷畢竟是凡人，也沒對付過蛇這類的生物，想跑都來不及，反射動作讓他舉臂保護眼睛——

鍾流水把劍耍得密不通風，又空出左手捻出一朵紅色桃花，喝一聲「長」，往白霆雷的方向

肆・
先機制虎狼毒，後續打蛇七寸

扔了出去。

那花朵在途中不斷旋轉，愈轉愈大，最後變成了一柄綠柄桃花傘，就這麼不偏不倚送入白霆雷掌中。

白霆雷對這把嬌俏的傘有印象，兩個月前的某夜裡，他用過一把同樣的傘擋住血流星，那情景與目前差相彷彿，於是立刻舉傘，接著聽到頭上唰啦啦，像火炭丟入水裡，抬眼看，一朵桃花傘撐開在上頭，擋住了毒液，而傘面毫髮無傷。

好威啊，哪裡買得到這武器呢？白霆雷分心想了一會，後來覺得自己肯定沒有這勇氣拎一把花傘走在街上，這才斷了念頭，轉而看人蛇戰鬥。

鍾流水還在跟蛇妖僵持，他本性懶散，最討厭跟人或妖怪纏夾不清，能早點打死就早點打死好，乾脆左手一揮，一條青綠色的葦索握手中。

這下子蛇妖更是不敢小覷，因為一般年輕道士為求效果炫麗，所用的法器都花裡胡哨，什麼月斧、刺球的，卻不知以蘆葦作做繩索在擒凶縛魅更勝頭籌，看來鍾流水這人真的不簡單。

蛇妖沖天彈上，牠打的如意算盤是要鍾流水鞭長莫及。

鍾流水卻早料到這招了，斜身踩踏身旁樹幹，藉著反彈力追上蛇妖，手腕一抖一振，葦索纏繞上了蛇尾巴，蛇妖還繼續往樹頭上竄，但鍾流水力氣大的超出蛇妖意料之外，身體一緊，幾乎就要硬生生被拉下去。

「逃啊、妳逃啊、不管妳怎麼逃、也逃不出我手掌心——」某人奸奸笑。

情勢一下倒轉，神棍變成了強搶民女的色狼大老爺，身為警察的白霆雷這下子真有股衝動上去英雄救、那個、蛇女，但幸好他的理智尚在，沒真的倒戈了去，只是跑過去幫著拉繩子，要把那蛇給拉下來。

蛇妖心裡叫苦，逼不得已只好使出救命招了，眼睛及體色陡然間變得朦朧模糊。

蛇的變化讓鍾流水暗叫不好，卻已經來不及。

蛇妖的身體整個爆了開來……不、不是身體，而是牠在瞬間完成了一般蛇類需費時幾天才能完成的蛻皮，當舊皮從內往外翻時，正好將葦索一併卸脫開，牠也立即往上飛竄。

鍾流水可不是好打發的貨，妳能有張良計，我也就有過牆梯，被他看中的東西才不可能白白放走，他會不惜任何代價抓住蛇妖，而白霆雷就是那個代價——

白霆雷只覺得腰後一緊，接著以奇妙的弧度騰空了去，後頭聽到鍾流水的呼喝。

「小霆霆，把蛇抓下來！」

肆・
先機制虎狼毒，後續打蛇七寸

鍾流水用的力道正好將白霆雷給摔在蛇背上，而人都有害怕從高處摔下的本能，白霆雷在空中翻了個七暈八素後，基本上是根稻草也都會緊抓不放，更何況是這麼一條大蛇？

當白霆雷手忙腳亂的環抱住蛇之後才大著膽子往下看，哇哩咧我的媽，隨著蛇的升飛，他現在起碼離地十幾公尺高，而這距離還在增加中。

「神棍你#X%#O#*O……」

接下來的幾秒鐘裡，白霆雷在心中把鍾流水的祖宗十八代都詛咒了一遍，正詛咒到鍾流水老爸的時候，鍾流水朝他喊。

「打蛇要打七寸！對、就是那裡，給我用力啊！」

什麼七寸？

白霆雷嘟嘟嚷嚷，手裡倒還是抓得死緊，生怕被蛇妖甩了下去，這高度這距離要真脫手，就算沒有粉身碎骨、起碼也會慘不忍睹。

那蛇妖被白霆雷抓得眼前都黑了。

民間一般流傳打蛇要打七寸，蛇的七寸實際上是指蛇的心臟位置，也就是說，心臟是蛇最重要的器官，白霆雷抓的位置正好到位，命中要害，那位置偏偏又是蛇頭無法觸及的死角處，弄得蛇妖搖頭擺尾的慌亂不已，很快的，蛇頭重重的摔到地下，下半身卻還努力扭轉，就想把白霆雷給弄掉。

「不准放，死都不准放！」鍾流水繼續下達指令。

白霆雷跟著蛇妖一起摔下，體內的五臟六腑也跟著打了結，一聽鍾流水這麼指示，苦逼啊，居然也不敢放手了，繼續抱著蛇妖，做一回澳洲的無尾熊乖寶寶。

那蛇妖還掙扎，彎起蛇尾拼了命要拍打敵人，都被鍾流水給躲了去。

蛇妖的心臟在白霆雷的擠壓之下承受莫大壓力，想噴毒都沒有辦法，鍾流水這時好整以暇的走過來，劍尖準確無誤地指在牠心臟的位置上，蛇妖一嚇，連動也不敢動，更知道這把桃木劍的厲害，只要對方施力，一定能穿鱗破腹，牠千年的修行就將毀於一旦，連命也都會沒了……

「嗚嗚嗚、大人饒命……」為了命，面子也就不算什麼了，蛇妖口吐人言，嗚嗚咽咽求饒命。

鍾流水手上施力，劍尖深入一寸，勾笑著問：「我為什麼要饒妳？妳是妖怪耶。」

蛇妖見他並沒有立刻置自己於死地，看來有很大的談判空間，越發裝的可憐，淚珠撲簌簌落下，用哀怨婉轉的女音懇求：「大人、大人啊，金絲千年來拜星斗、採日月精華，好不容易修成了人形，就請大人有大量，放過金絲，金絲願為犬馬，報答大人的不殺之恩。」

白霆雷聽這蛇妖說的可憐，動了惻隱之心，也幫著求：「喂喂神棍，你放過她好了，她會攻擊我們也是你的錯，誰叫你要故意用雞蛋釣她……」

鍾流水笑靨生花，但那花可不是桃花，而是食人花。

「沒害過無辜者的生命？笨警察身上的鱗片怎麼來的？」

蛇妖心虛了，支支吾吾，「這個、我……難得遇上四陽鼎聚命格的人，隨便一口氣都能助我精進修為，再要是多喝那一口血……」

白霆雷悲憤了，「什麼！那鱗片原來是妳？虧我還幫妳求情，原來妳早就把我當唐三藏了嗎？神棍，把她劈了煮蛇湯！」

鍾流水劍尖再推入一分，黑血由傷口滴落地面，即使是由天地化育的精物，一但在修練之上起了壞心眼，那麼就算鍾流水辣手摧蛇，地府也不會記他這麼一筆帳。

鬼事顧問、零貳。髑髏夜走。

【第伍章】驚險地陰水眼，變態死人頭顱。

迷霧山林裡，可憐的蛇妖被神棍制的全無反抗之心，只能哀哀苦求：「大人饒命，相信金絲，白先生陽氣旺盛，金絲只打算吸一些就放過他的……」

鍾流水冷笑，「背脊朝天的妖物為了走捷徑成仙，常常干天律入邪僻，擾亂人世傷天害理，要我如何信妳？妳體內妖氣熾盛，已經是天庭高度注目的對象了吧？這樣下去就算我不殺妳，天雷也會劈了妳。」

他會這麼說，是因為一般的動物妖仙想要修仙求道，有兩種方法，第一是吸取天地正氣、拜日月星斗，按部就班積修正果，但這種方法功效慢；另一種方法是盜採生靈精氣，助己衝破修為門檻，如此收效雖快，卻易招致天怒人怨，快速將自己推向死亡深淵。

更甚者，妖物自古以來總會帶來動亂，天庭著重紀律，為了時刻維持天地秩序，防範妖孽橫行，對下界妖物看管自嚴，一但四方巡守的六丁六甲值日功曹察覺某地妖氣暴增，便會上報天庭，天庭便以試練之名，遣天雷劈妖物，但秉持上天有好生之德，又為了杜悠悠眾口，只要此妖能度過雷劫，即能飛仙上天，從此名登仙籙。

蛇妖聽了鍾流水的話，不由得汗涔涔。她已經修行千年，體內妖氣值幾近飽和，正是遭遇雷劫的時刻，偏偏今天在廟前遇上了個四陽鼎聚的白霆雷，那簡直就像是最頂級的十全大補湯在面

伍．
驚險地陰水眼，變態死人頭顱

前晃啊晃，說吧，哪個妖怪會放過這個加強功力的好機會呢？

她在興奮之餘立刻給警察植入鱗片，這鱗片與蛇身同氣相連，能將源源不絕的陽氣傳送到自己身上，卻沒想到這一念之差，竟引了個宇宙無敵超級霹靂大瘟神來。

「大人、大神饒命，金絲再也不敢了嗚嗚嗚嗚嗚嗚～～」蛇妖還被白霆雷架著，也不敢亂動，只哭得唏哩嘩啦，連對鍾流水的稱呼都由大人改成了大神。

鍾流水臉色又回復懶懶散散雲淡風輕，交代道：「那就不殺妳了，回復原形吧，蛇樣子太佔空間了。」

蛇妖一聽，趕緊縮小身軀變回原來的少女模樣，但這一來可就慘了，大家還記不記得白霆雷的雙手放在哪裡呢？

是的，沒錯，蛇妖的心臟部位。

等蛇妖恢復成少女金絲的模樣，白霆雷的手也就跟著繼續擱在對方的心口上，以少女體形而言，心臟的相對位置是在、這個、嗯……

所以——

「色狼！」

金絲回身狠狠甩了白霆雷一巴掌，她雖然被鍾流水壓制得死死，但白霆雷基本上就是個凡人，就算塊頭高大面相凜然，她也不放在眼裡。

白霆雷真的很無辜，這巴掌甩得他狼狽往後退，他也不是故意襲胸的，誰知道蛇妖說變身就變身？虧他剛剛還替蛇妖求情；再說了，他根本就沒有摸到肉團的感覺，敢情蛇妖還是太平公主呢，這一巴掌真的白挨了，就覺得鼻子一濕，兩行熱熱的東西流下來。

鼻血，囧。

正手忙腳亂掏口袋要找手帕來擦鼻血，突然覺得不對勁，抬眼一看，金絲眼睛都紅了，死盯著他的鼻血瞧，甚至舔了舔唇，一步步往他走來……

「別過來……妳想幹什麼？我喊人了啊……」白霆雷全身發毛往後退。

「把鼻血擦擦。」突然，鍾流水說。

香香的什麼扔到了臉上，白霆雷一看，囧三倍，居然是條素白色手帕。這手帕如果是蛇妖給的他也不至於這麼囧，偏偏是鍾流水，白霆雷忍不住起了鄙視之意，切，一個大男人為什麼用的手帕會有桃花香？

不過他還是迅速以之往自己鼻下抹，要不金絲那即將惡虎撲羊的態勢太恐怖了。

鍾流水轉頭又對金絲說：「妳要乖乖聽話，我遲早會賞妳笨警察的血喝。現在先撤下這寒水煙波陣，熏的人眼睛不舒服。」

白霆雷這下囧指數破表，什麼時候自己的血液都能拿來當獎賞了？這血是他的、他的！情願給捐血中心也不給神棍做人情！！

金絲依舊戀戀不捨的望著那條已經染血的手帕，但既然鍾流水都說話了，她也不敢造次，只能憾恨的揮揮手，於是霧散了，身邊的樹也全都消失，他們站在一個寬闊的山野間，視野豁然開朗。

這裡其實是山壁的另一邊，平朗開闊林蔭點點，十幾公尺外有間簡樸雅緻的小屋，屋外花木蔥蘢，風吹時落英繽紛，和著樹葉摩擦的沙沙音，這裡是世外桃源。

「此陋室為金絲的千山急雨居，請不要客氣，讓金絲泡杯茶迎客，盡地主之誼。」千年蛇妖金絲還摸不準鍾流水的來歷，對他的態度自然戰戰兢兢，小心地探問來歷，「大神法力無邊，桃木劍更為仙界極品，絕非無名之輩，敢問如何稱呼？」

「鍾流水，在田淵市裡桃花院落住十年了，仙籙上可沒我的名字。」鍾流水沒正面回答，搖搖頭又反問：「山下村子裡的怪事妳幹的？」

金絲嚇得忙搖手，「不不不、那不關金絲的事，金絲受山民供養多年，心存感激，怎敢行擾亂之事？」

「這麼說來，妳應該知道問題出在哪裡？」他又問。

金絲很委屈呢，「兩個月前乾元山中的聚陰穴裡有東西撞進去，太可怕了，那地方連我都很少接近呢，一個弄不好，連我的修為都會被吸走，嚶嚶嚶嚶嚶，鬼氣好重啊，怕會汙染我的美……」

她說的顛顛倒倒，把旁聽的白霆雷都弄得眼睛轉出漩渦來。

但鬼事調查組的顧問那是什麼人啊？光聽幾個關鍵字眼，也大概就清楚了七、八成的前因後果。

「原來問題出在聚陰穴……」鍾流水沉吟，「髑髏是這樣養成的？」

耳朵尖尖的白霆雷又聽到了一個奇怪的字眼，「聚陰穴是什麼？」

「你在鬼事組都兩個月了，這種基礎知識怎麼還不知道呢？」鍾流水因為話說的多，口都渴了，自然而然口氣不好起來：「聚陰穴就是陰氣聚集的地方，民間在下葬亡者的時候，會請地理先生看過風水，就是害怕誤將亡者葬入陰穴，因為屍體吸收太多陰氣，早晚變成殭屍。」

金絲也猛點頭，「對對對，那是隻鬼物，但好像有點人性。」

鍾流水哼了一聲，接著猜測：「聚陰穴裡淬出來的冤氣特別陰，適合養鬼，撞進去的髑髏受到了滋養，大概成精了。」

白霆雷因為剛剛被罵了，所以改而安靜聽人說話，就算他基礎知識不好，聽到這裡也懂了，磨拳擦掌說：「現在去抓。」

是的，警察大人想趕緊結案，他再也不想跟什麼山啊蛇的有牽扯。

「小霆霆，我認為你名符其實。」鍾流水微笑。

呀、好難得被神棍給稱讚，白霆雷搔搔頭呵呵笑，「這個、沒什麼，身為警察就應該時時以任務為重，刻刻為人民憂心，盡人民保姆的本分……」

「你姓白，果然是小白，名符其實到徹底。」

白霆雷掏出槍來，他射擊蛇妖時都有計算子彈，確定還留下了一顆，此刻正好為民除害。

鍾流水哪會將那槍枝放心上？對金絲說：「天黑之前帶我們往聚陰穴繞一繞，我不放心那東西……」

金絲面有難色，「從這裡走過去，起碼要兩小時……」

「誰說要用走的？妳是靈蛇族，會飛吧？」鍾流水輕哼一聲。

金絲又要哭了，千年來也不是沒碰過道士啊法師啥的，她動動小指頭都打發走了，就眼前這位忒殘忍，從一開始就極盡所能摧殘她、作踐她、不因她是一朵嬌花而憐惜……

「妳不願意？」鍾流水問，眼裡一絲殘忍掠過。

少女身形再度拉長暴大成為猙獰恐怖的巨大蛇體，於地上蜿蜒遊動後吐信說：「大神請。」

鍾流水一躍而上，轉頭對白霆雷說：「上來。」

白霆雷正檢查著槍，一聽到人喊，抬頭看，金絲美眉放著好好的人不當，又變回一條蛇了，害他槍枝差點走火。

「你、你又想幹嘛？」

「讓金絲帶我們去找聚陰穴會快一些。」鍾流水說。

白霆雷鬧彆扭了，「車鑰匙還我，我自己去！」

鍾流水拍拍身下的蛇，說：「小霆霆膽小不敢坐，我們走吧。」

「誰、誰說我不敢坐!?」

士可殺不可辱，白霆雷立刻也躍到鍾流水身後坐下，這才發現自己中了激將法，立刻伸手要

伍．
驚險地陰水眼，變態死人頭顱

掐前頭人的脖子。

就在白霆雷的手指頭即將抓住鍾流水時，金絲卻騰空而飛了，這樣的大動作讓白霆雷差點就坐不住，幸好他及時抓住前頭人的肩膀，才不至於摔了個狗吃屎。

鍾流水回頭怨懟，「喂、怎麼到現在還狀況外？」

白霆雷吶吶，怎麼自己在神棍面前就笨手笨腳了呢？陡然間眼大睜，攫著神棍的臉問：「你的胎記怎麼又回來了？到底是真的蝙蝠還假的蝙蝠？這世界到處充滿了欺騙，到底有什麼事是我能相信的！？」

光抓著人並不足以解惑，他又用手去摳鍾流水臉上淡紅色覆蓋的區域，摳得用力，這下換鍾流水想賞白霆雷一巴掌了。

「小霆霆你給我住手！痛……嘖、這是真的臉，不是人皮面具……我警告你不准再捏……以為有槍就了不起了是不是？我現在就踢你下去摔成爛泥！」

神棍與警察在空中扭打起來，害金絲邊飛邊幽幽哭泣。

「嗚嗚嗚嗚嗚、別在淑女身上動來動去，這要我怎麼飛……好好說，別打架嘛……」

爭鬧聲中，天色將暮。

乾元山山勢大部分平緩，卻隱含幾處詭奇的地勢，披滿高大的林樹與藤蔓，人車難入，鍾流水與白霆雷要不是藉助蛇妖航空，肯定無法在天黑之前到達聚陰穴。

聚陰穴落在雜木叢草亂長的山坳之中，那角度剛好讓陽光無法射入，灰白色的土壤裡寸草不生，正中央卻似乎有個黑嘛嘛的小池子，由天上往下俯瞰，像是嵌了一顆黑眼珠子的眼睛。

「咦?!」鍾流水驚疑了，拍打金絲頭頂吩咐：「飛近些我看看。」

金絲以盤旋的方式往下飛，卻怎樣也不想靠近那池子，她說池子陰氣太重，害怕被陰氣所染而亂了神智。

「嘿、這裡好冷……那池子有古怪對不對?放我下去搜索……」白霆雷大呼小叫。

鍾流水突然間笑得天真爛漫，「對了，小霆霆你是不是說過我家的桃花是世界上最醜不拉嘰的桃花，還建議我改種梅花，愈冷愈開花?」

白霆雷不好的預感陡生，接著騰空，好討厭的感覺啊～～幸好他早有過被神棍扔的經驗，也不慌亂，空中旋了個身之後就穩穩落到地下。

鍾流水跟著從上頭躍下，還往上揮揮手，要金絲隨時待命空中。

伍．
驚險地陰水眼，變態死人頭顱

「幸好我運動神經啵棒，摔斷脖子你賠得起嗎？」回過神的白霆雷反揪著鍾流水問罪。

「是你說要下來搜索的呀。」聳聳肩涼涼地說。

啊啊啊白霆雷決定再不跟神棍說話了，要不他是小貓。

兩人小心翼翼挨到池子邊，白霆雷這時才發現池子上頭氤氳著一層黑濛濛的水氣，難怪剛才覺得池水烏漆嘛黑，原來都是這層水氣在作怪；至於鍾流水呢？他那對於陰氣特別敏感的頭髮開始亂七八糟往上翹，愈翹他臉色愈糟糕。

「這可不是普通的聚陰穴，而是地陰水眼啊……」

白霆雷忘了自己發下的毒誓會讓他會變成貓，開口問：「地陰水眼是什麼？」

鍾流水估計以警察有限的智商及對超自然事物的牴觸心態，要好好解釋清楚地陰水眼這東西，怕得耗上三天三夜，他只好盡量長話短說。

「每座山都有個極陽極陰之位，稱為地眼，極陽處為地陽火眼，極陰處為地陰水眼，生物不小心在裡頭溺了，也不會死，直接成為活屍，千年不腐爛。」

白霆雷眼前浮現了美國電影裡那種恐怖醜陋的殭屍模樣，噁，很醜！

轉頭看這池子上頭的黑氣濛濛，一接近就讓他胸悶，忍不住又問：「金絲說過，兩個月前有東西撞進池子裡，所以……」

「不是普通邪門呢……」鍾流水掏出羅盤來看，這回羅盤指針亂亂轉，一下順時鐘一下逆時鐘，像吃了搖頭丸一樣。

不得已，鍾流水只好開了天眼細看，可惜這黑霧的屏障效果跟金絲的寒水煙波陣同一個等級，就算有天眼加持，也無法看透到池底。

神棍看不清楚的東西，白霆雷自然也看不出個鬼玩意，只好隨意撿了顆石子往池子裡頭扔，卻沒聽到預期中的水聲，石頭像是被什麼東西給吞噬掉了。

再把神棍扔進去看看怎麼樣呢？警察大人想：扔人者人恆扔之——

斜眼一瞥，發現神棍手伸到懷裡，哇哩咧難道這傢伙讀通他心思，所以要反擊？

他立刻往旁邊跳開三大步遠，弓箭步站好，握拳預備。

「幹嘛？」鍾流水一瞪。

「沒、沒有。」汗。

鍾流水不理他，往地陰水眼處一揚手，就見大片黃黃白白的粉末飄蕩於黑色的霧氣裡，他立刻唸咒驅火。

伍．驚險地陰水眼，變態死人頭顱

「飛火萬里，起霧驅雲，神兵火急如律令。」

咒畢，粉末轟然於黑霧中起火燃燒，就見霧氣愈來愈淡，隨著粉末沉於池面之上，現出稍帶混濁的池水。

「火龍丹。」鍾流水對目瞪口呆的白霆雷解釋：「用火硝跟雄黃混合的好物，去陰除濕效果特別好。」

「火硝是製造火藥的材料吧？你不怕引起爆炸害了我？你——」

「啊又沒爆炸。」神棍眼神游移，看來也不確定這東西有沒有危險。

火硝沒爆，白霆雷卻又炸毛了，怒髮衝冠憑欄處……

火龍丹生效，鍾流水喜孜孜的走往地陰水眼往裡瞧，卻是皺眉搔下巴，彷彿遇到極大難題。見鍾流水面露難色，白霆雷自然也好奇走近，感覺池邊的冷度減緩了，火龍丹果然有剋陰的效果。

「看到什麼了沒？」白霆雷伸脖子張望，這地陰水眼有一定的深度，加上池水並非全透明，要看清池底有些什麼東西，可真難倒他了。

「什麼都看不到……唉呀、更令人好奇了，說不定不是髑髏，而是千年飛殭呢？它們的眼睛可好吃了……」鍾流水卻是舔舔舌頭這麼說。

白霆雷突然間想起兩個月前發生過的事，當時他曾懷疑神棍有吃人眼珠子的嫌疑，但後來神棍卻說，他只吃鬼的眼珠子……

這是什麼樣的吃貨啊!?根本就是變態殺人魔吧!

保持距離保持距離。

鍾流水手裡又出現了那把桃木劍，他用劍尖撥了撥水，似乎想藉此撥開迷霧尋找水底下的真相。

白霆雷卻盯著那把桃木劍，也不知神棍平日到底把劍藏在身上哪裡，想拿就拿想收就收，讓他都猜神棍根本就是哆啦X夢穿越來的。

「……可惡，還是什麼都看不到！」鍾流水在劃過一陣子水之後，沒耐性了，「下次改用犀牛角試看看。」

「我記得犀牛是保育類動物……」警察很好心的提醒。

「用你也是可以啦，你下去幫我撈東西。」神棍倒是從善如流。

警察閉嘴。

伍・
驚險地陰水眼，變態死人頭顱

突然，池水滾滾湯湯冒起泡來，像是水煮開了，黑氣也再次蒸騰，升起森森鬼氣，把池邊的兩個大男人凍得打起哆嗦來了。

黃昏本就是陰陽互換的時刻，白日裡起碼還有陽火能抑制乾元山裡的鬼氣，可一旦夜暮低垂，山裡被壓抑的怨氣皆起而行，就算神棍有道行護體，警察靠四陽保身，但陰氣多於陽氣之時，會發生什麼意外誰也不曉得。

「撤！」鍾流水吆喝急退。

就算他不喊，白霆雷也不敢逗留，藉著最後一抹夕光他發現黑霧擴大增殖了，有東西從池裡濕淋淋爬出來，皺巴巴的皮膚及佝僂的身形，赫然竟是——

「神、神婆！」白霆雷大叫。

鍾流水停住奔勢，回頭問：「真的？」

神婆面無表情，雙眼卻發出幽幽藍光，她迅速飛來，兩手曲成雞爪，一串冰霜自指尖凝結成冰鑽後迎面打來。

「快、神棍你那個火龍丹！」警察倉皇往地下翻滾避開，吼著提醒神棍。

「用完了。」

用完了!?白霆雷臉上掛三條黑線下來，他射擊時還會默記子彈擊出的顆數呢，這神棍要來對付那鬼氣，怎麼法寶都不酌量使用？

不得已，白霆雷回身朝神婆擊出最後一顆子彈；子彈準確穿過腹部，又從後面穿出。

「咦？」白霆雷覺得槍擊聲不對勁，子彈好像是穿過了空盪盪的一個空間，而不是打入活生生的肉體。

鍾流水卻是欣慰點頭，「再射幾發！」

「沒子彈了！」白霆雷吼回去。

輪到鍾流水頭上掛三條黑線。

眼見神婆又要撲來，鍾流水數根桃枝飛擊神婆臉面，神婆倒退，以一個詭異的姿勢撲地，灰色罩袍滾了幾滾後，貼著地面迅速退入山頭打下的暗影之中。

鍾流水想追，但黑霧又濃了，他不禁暗忖這裡可是乾元山啊，夜裡逗留風險多，還是改天再來。

決定先離開乾元山後，鍾流水立刻仰頭要金絲下來載他們離開。

金絲的確還在上頭盤旋，她有個打算，讓鍾流水死在這裡……

伍・驚險地陰水眼，變態死人頭顱

「蛇妖妳起了貳心？」鍾流水仰頭又叫，表情卻陰戾了。

「不敢不敢！」金絲一抖，立刻側彎飛旋到他們身旁。

鍾流水腳尖一點躍上金絲的背去，就好像練過武俠小說裡描述過的那種輕功。

白霆雷見狀也就學了一學；可惜他骨架重個子大，這一躍卻有幾分惡虎撲羊的態勢，嚇得金絲都忘了自己是來擔任交通工具的，立刻往上彈飛。

白霆雷氣急敗壞叫：「給我回來！」

黑霧眼看就要蓋上白霆雷，鍾流水卻一點也不緊張，從口袋中撈出另一項法寶，也就是——白霆雷的機車鑰匙，朝著底下正仰頭張望的人兒晃啊晃。

「哦呵呵小霆霆，你安心去吧，我會好好對待你可愛的機車老婆，愛護它，疼惜它，過著幸福快樂的生活……」

白霆雷一看就懵了，一股氣流由丹田處直發喉頭成為虎吼，瞬間肌肉暴脹起來，他大步衝上起跳，這一躍起碼有好幾公尺，比奧運跳高選手還威，就這樣落到鍾流水的身後，金絲蛇尾一擺立刻高飛，底下的黑霧丟失了白霆雷這碩大的目標，漸漸又退回地陰水眼。

白霆雷的眼睛還發直發愣，抓著鍾流水肩膀喊：「車鑰匙給我！」

笑吟吟遞過去，鍾流水點頭稱讚：「跳得不錯啊小霆霆，我沒看錯你。」

「咦、啊、我……」白霆雷接過鑰匙，腦筋終於由空白回復清明，怪哉，他什麼時候飛到了這裡？

鍾流水於蛇背上回頭，望著漸去漸遠的地陰水眼，說：「那個神婆……不是人……」

「別嚇我，我可是在大白天裡跟她說過話。」白霆雷反駁。

「能在地陰水眼裡待著的都不是人。」

「難道是殭屍？」白霆雷毛毛地問。

「光憑剛剛那幾下，我沒辦法判定。總之下次碰到要多加小心。」

白霆雷吞了吞口水，考慮再給自己多買幾份保險，起碼父母老年時，就算自己不在身邊孝順了，他們也能衣食無憂。

金絲載著兩個大活人，於黑夜降落在自家窩旁的山壁，也就是白霆雷的機車所在位置。

「大神還有何吩咐？」金絲恭謹地問。

「沒了，回妳的千山急雨居去，隨時等我召喚。」鍾流水不甚在意地揮揮手，「還有啊，給

伍．
驚險地陰水眼，變態死人頭顱

我注意吸人陽氣的骷髏頭，有任何大動作都通知我，我這兩天還會去地陰水眼探探。」

金絲偷彈珠淚，人世間太可怕了，到處都是狠心的修道者與壞男人。

接下來當然就是快樂賦歸啦，白霆雷又奪回了愛車的控制權，但山區的夜晚可不像都市有夜燈照亮，全靠車燈指引，而白霆雷又時不時瞄到山徑旁的草叢裡老是有黑影子盤伏，讓他騎車分心。

「那些年輕人真是的，賣X勞、啃X雞或者電影院約會不好嗎？偏偏跑來山裡……」身為「情人去死去死團」忠貞團員的警察大人抱怨連連。

「你確定那些是人？」鍾流水反笑。

「不是人難道是鬼？」白霆雷理直氣壯答。

鍾流水都懶得說他了，這傢伙居然到現在還不肯面對自己有一雙超犀利陰陽眼的事實。

突然間鍾流水心念一動，「……欸小霆霆，她剛剛蛻皮了對吧對吧？」

「別讓我回想驚悚畫面，會吐！」

「古人說『蛇蛻無時』，蛇蛻皮的時間沒有規則性，修仙的蛇妖卻因為修行之故，把蛻皮大事控制在百年一回，蛻皮前是她們最軟弱的時刻，所以……」

「所以什麼?」白霆雷好奇了。

「……很有意思呢,哦呵呵……」

鍾流水不正面回答,卻是賣起關子來了。

白霆雷看著後照鏡裡神棍模糊的面容咬牙,然後他臉色變了。

「神棍你看後頭,那個、又是那個!幽浮!」語帶驚訝,他從後照鏡裡看到的不只是神棍白慘慘的面容,還包括後頭幾公尺外一團藍瑩瑩的光。

鍾流水也感覺到了後頭的異樣,他為了確認,左手搭著白霆雷的肩膀穩住身體,右手劍指於眉間一按,開天眼看,幽藍光團裡幾個黑點,構成了骷髏頭的形狀。

「髑髏夜走。」他冷笑,「可終於見識到了。」

「就是那死人骨頭?逮捕!」白霆雷在狹窄的山道裡急速調轉車頭,要跟那奇怪的東西正面交鋒。

鍾流水早就動作了,一手漫天花雨灑出大片花幕,打算將骷髏頭層層包圍住,然而那骷髏頭顯然有智慧意識,空中一個轉折,預先判斷了花雨的落點後避開。

花朵撲了個空,但鍾流水手腕翻轉,就像他手指上頭纏繞了線,能隨己意控制花朵聚散紛

伍·
驚險地陰水眼，變態死人頭顱

飛，隨著一聲「散」，花球爆開，卻在空中以美妙的流線體旋繞，繼續朝骷髏頭進攻。

骷髏頭知道漫天花雨的厲害，往後退想拉開距離。

鍾流水卻知道得在電光石火的時間裡抓住這鬼東西，因為山區地形複雜，樹叢高聳，要是被骷髏頭鑽入暗影，那就再難揪其出來。

白霆雷配合到位，山路上噗嚕嚕引擎聲震天，一下子就把距離給拉近，後座鍾流水指尖輕彈，驅使花雨成籠，往白慘慘的骷髏頭罩下，中心燃起火光一點，接著轟然起火燒發，原來這籠有個名稱，叫做花囚籠，韌性極佳的花瓣一但抓到對象就枝連枝鎖扣，再以咒語驅動，籠裡立刻會起真火燃燒，直到燒成灰止。

如今籠裡就聽喀喀聲響連連，似是骷髏頭下顎上那幾顆殘落牙齒憤咬。

突然間花囚籠破了個洞，被火燻黑的骷髏頭搖晃晃鑽飛出來，直往山下逃竄，這整個過程花不到幾秒鐘時間。

「咦?這髑髏不簡單，死前必是法力極高的……」這下子鍾流水驚疑了，「難道是他?」

「誰?」白霆雷回頭問。

「兩個月前被我請天雷擊斃的張逡，他死無全屍，頭不見了。我不懂，南洋降頭術只能讓他苟延殘喘一時，能活到現在，一定有人相助。」鍾流水說。

白霆雷不懂降頭術，無從置喙，但看了骷髏頭還未走遠，忙說：「追！追到了就結案！」

可惜的是，骷髏頭太刁鑽，藉著熟悉山區地形，幾個轉折就把追蹤者給擺脫了。

骷髏頭受創甚重，拼了命往前飛，藍色的幽光微弱堪比螢火蟲，一飛飛到山區的地陰水眼裡，借裡頭的陰氣休養生息。

夜半子時，那讓鍾流水忌憚的地陰水眼有了動靜，水眼裡的水開始逆時鐘盤旋環繞，形成的漏斗眼就是個吸力，將上頭的黑氣盡數吸入，很快骷髏頭就由水眼裡飛出，他恢復了些許精神，接著聽到天上傳來聲音，一個人影落到水眼旁。

那人問：「……小道士毫髮無傷？」

「道士來頭不小，我不是他對手。」骷髏頭回答，赫然就是神婆小屋裡出現過的男聲。

「不管他什麼來頭，都必須讓他死，再說，我需要姓白的警察。」

骷髏頭沒答話，也不說破鍾流水究竟是何種來頭，天底下擁有桃木劍「萬鬼敵」又姓鍾的道士只有一個，這人卻認不出來，難怪吃了大虧。

伍．
驚險地陰水眼，變態死人頭顱

「村子被下了陣，你隨我去探探。」那人說。

來到明雲村外，骷髏頭也看出村莊被鍾流水下了防禦性強的陣仗。

「『五官驅役鬼神法』，應該是道士佈下的，他道行高，不管是這個護村的結界，或是下在人身上的咒印，都比普通的人間道士或法師來的厲害。」

那人說：「你想辦法去破了。」

骷髏頭知道這是不可能的事，卻聽話的往前俯衝一處民宅，當飛到村子上空幾尺距離處，突然間強烈罡風吹起，骷髏頭上冒起了火光，就像觸及到不可見的電網。

骷髏頭的動作滯礙了，他繞著村子又飛了幾圈，這次小心的朝另一處飛落，火光又起，慘白的頭顱都被燒得焦黑，更被突起的飆風彈飛到村外。

那人看在眼內，心下震愕。

骷髏頭受到了重挫，從地上飛起來時搖搖晃晃的，簡直就像是被生手胡亂操縱的遙控飛機。

「很厲害……結界……附近村子……大概也有同樣佈置……我改到市區去吸取陽氣……」骷髏頭說。

「不用了，反正已經有了可抵上千百人陽氣的好物，用那好物來煉丹，能補我失去的法力……」那人嘶嘶地笑了，「……白霆雷，四陽鼎聚之命，對我有很大用途。」

骷髏頭驚愕了：「……以人煉丹？」

同是修道之人，骷髏頭當然知道古時有服食九轉之丹三日成仙的說法，但這樣的丹藥，不是仙人煉不出來，而成了仙的也就不用煉了；再要說，一般煉丹的材料大多都是黃白金屬之物，會拿人來煉丹，肯定是喪心病狂的邪法，藉由天理不容的蹊徑來達到一步登仙的目的。

「對，煉丹，你助我去抓他回來，別誤了煉丹的時日。」

「我會助妳任何事……別忘了我們……約定，給我……『偷身鬼代』……法門……」

這才是骷髏頭真正的目的，「偷身鬼代」是一種高等邪法，有些惡道師為了避免死後入地獄受千年萬年的刑罰，研究出此種刁鑽的法術，就是找到一個分娩在即的孕婦，把自己的元神弄出身，鑽入孕婦體內，如此惡道士便完成了轉世，免走一趟鬼門關，但可憐的是那個原本該出世的嬰靈，被這麼一個偷身鬼代就到了惡道士體內，死後則被帶到地獄去了。

會此種祕術的人不多，因為有違天地律令，早被列為禁法，有關記載此術的符籙咒書也早已被各地土地爺搜刮燒毀，但眼前這人曾自詡熟諳法門，只要骷髏頭幫忙吸取人氣，便會助他使用此法，直接獲得新鮮的肉體。

伍・
驚險地陰水眼，變態死人頭顱

「當然，說好的東西我一定給你。」那人陰陰的笑了，「我渡劫之日就在眼前，在這之前若是能煉成傳說中的太陽復紫丹，必能助我……」

骷髏頭應和似的笑了幾聲，猜想，這場追逐捕獵的遊戲競賽，勝利最後會落到誰的頭上？

鬼事顧問、零貳。髑髏夜走。

【第陸章】今古神婆雙胞，

人皮疑雲未了。

鍾流水、白霆雷追丟了骷髏頭，悻悻然回到市區，鍾流水還不解氣，逼著白霆雷第二天再跟他上山去，他要趁中午陽氣最旺之時，再去探探地陰水眼，非把神婆或骷髏頭給揪出來。

「好、好、先讓我回去睡覺，我累死了。」白霆雷說完，很冷酷的將神棍丟到群青巷口，讓他自己走回家去，反正神棍不是他女友，沒義務親自送到家門口。

第二天到組裡跟長官報告調查進度，譚綺綠抱來一大堆的借閱圖書，其中包含田淵市過去幾百年的鄉野圖誌，因為資訊量眾多，譚綺綠自然虐待起菜鳥員工，一起查找乾元山下每百年重複一次的猝死事件。

翻啊翻找啊找，原諒白霆雷對那些非現代白話文語法記述有閱讀上的困難，乾脆偷懶隨意翻，當看到一張約有幾十年歷史的黑白照片時，他卻瞪大眼睛。

「神婆！」

譚綺綠看了看，也沒什麼，就是一張很古老的照片，當時村民的穿著還都是些傳統的襟衫襠褲，女人們頭髮盤起，對著鏡頭面無表情。其中有一名老婦人站在最角落，眼神空洞，白霆雷指著她，看了一遍又一遍。

「這是八十年前的照片，照片裡的婦人老成這樣，不可能活到現在，你說的神婆應該是她親

陸・今古神婆雙胞，人皮疑雲未了

人。」譚綺綠解釋：「神婆這種職業通常會母傳女，一代接一代。」

「遺傳基因也太偉大了，母女倆竟然一模一樣……」白霆雷口中雖然這麼說，卻又覺得不對勁，不太可靠的直覺告訴他，照片裡的人就是神婆。

然後他想起鍾流水說過，神婆不是人，是鬼。

寒意由脊椎擴散全身——

「啊、這裡。」譚綺綠找到幾條記載，逐字指著唸，「……是村大疫，死者過半，人見大蛇盤繞雲中，為趕瘟逐病，遂請法官驅疫……法官在這裡指的是道士。而我在意的是，幾乎每次瘟疫發生前後，都記載蛇的現身……」

「真有條蛇，神棍把她收服了，切、我原本還以為……」硬生生住口，白霆雷原本想抱怨自己有夠衰，以為碰上了夢中情人，結果卻是個妖怪。

譚綺綠滿眼星星，「鍾先生不愧是鍾先生，太厲害了，那條蛇是躲在山中成精修行的妖怪吧?說不定知道瘟疫的起源……嗯，你有辦法連絡上那條蛇嗎?」

「沒問題，只要讓我找到她的 MSN 、手機號、臉書、推特、伊媚兒，我就能連絡上她。」白霆雷哼了一聲說。

想當然耳蛇妖哪有現代人倚賴的通訊設備？白霆雷隨口說說罷了，不過他也被激起了好奇心，蛇妖金絲看來像個少女，但根據鍾流水的說法，她可是個活了千年的老妖怪，修行的乾元山下每世紀一回的瘟疫發生，她不可能一無所知，只怕隱瞞了些實情。

「我跟神棍約了重往乾元山一趟，就再找找那條蛇吧。」白霆雷拿了車鑰匙就走。

白霆雷騎著機車到了桃花院落外，想當然耳，神棍依舊躺在桃花樹下喝酒納涼。

「神棍、神棍！」白霆雷跳過竹籬笆，躲閃開小玉的鐵爪攻擊，「別忘了你跟我約好的事！」

鍾流水打了個酒嗝，哦呵呵老孫昨天託下屬送來的菊花白酒柔和甜潤，傳承清宮御膳名釀滋味，他一個把持不住就喝光了一瓶，剩下一瓶可千萬要留下，等九九重陽日的時候開了瓶與灼華賞秋同歡……

「神棍你到底有沒有聽到我說話！？」白霆雷吼得臉紅脖子粗了。

「……你來做什麼啊？」

白霆雷拳頭舉起來，氣呼呼叫：「查案、我們要查案！」

陸・
今古神婆雙胞，人皮疑雲未了

鍾流水如夢驚醒，「啊、對哦，去找神婆、骷髏頭……」

說是這麼說了，神棍卻還是懶洋洋不起來，白霆雷立刻把姜姜喊出來。

「白叔叔什麼事啊？」姜姜邊打哈欠邊穿過實心木板門，敢情這小朋友跟他舅舅一樣墮落，睡到了日上三竿。

「把你家打妖怪的葦索找出來，沒有的話拿別的代替，能綑人的就行！」

「你、你想對我舅舅幹什麼？」姜姜驚恐了。

「綑在機車後座上！我懶得跟他耗在這裡，他愛兜風是嗎？兜著兜著就會清醒了。」白霆雷恨恨說。

姜姜放下心來，正要回屋裡找繩子，竹籬笆外傳來停放腳踏車的聲音，有人隔著竹籬笆開口招呼。

「鍾先生、姜姜、還有……」來人態度端莊，恭敬地喊：「白先生。」

來人叫做張聿修，是姜姜的同班同學，標準的相貌好、脾氣好、功課好的三好少年，更是本地道家支派玄奇門掌門人張敬的長子，自己也能做一些修道除魔的工作，算來跟鍾流水是同行。

公雞小玉一見到張聿修就咯咯咯飛撲過來，牠可喜歡他了，快快樂樂飛到人肩膀上蹭啊蹭，白霆雷氣得咬手帕，這雞對自己苦大仇深，怎麼卻對張聿修情深意濃呢？雞眼看人低也不是這麼個看法吧。

張聿修掏出事先準備好的一把白米灑地下，讓小玉邊啄邊玩。他最近也是愈來愈喜歡小玉了，當成了自己的寵物看待，一人一雞水乳交融好不快活。

「章魚你來幹嘛？」姜姜打斷人雞情深，歪著頭疑惑。

張聿修一個踉蹌，姜姜為什麼老愛喊自己是章魚？再說……

「不是約了今天要上我家玩電腦？我等了一上午沒等到人，所以來看看，結果你……」

張聿修都囧了，他在家裡等姜姜不來，很擔心這天兵小子是不是路上被車撞了、被壞人拐帶跑了、跌水溝裡去了，偏偏鍾家沒有電話，他只好親自來看看。

白霆雷冷眼旁觀，哇操，姜姜跟神棍不愧是甥舅，脫線在同一種地方。

「啊啊我忘了，我剛睡醒。」姜姜理所當然地解釋著，毫無反省之意，「現在去你家吧，我們組隊打怪。」

姜姜說完立刻跑屋子裡去換過運動鞋，正要離家時，被醉眼矇矓的舅舅喊住。

「最近不平靜，有髑髗出沒，給你綁個辟兵紹保險些。」

鍾流水取了條五色絲線綁在外甥手腕上。綁好後姜姜抬手看了看，嗯，不錯看，隨即拉著死黨離開。

「喂喂、姜姜你家的繩子……」

來不及，雙載腳踏車已經走遠，白霆雷無言了，桃花院落這舅甥兩人根本一個模子打出來的。

「好啦好啦，走吧……小玉你好好看家，想偷摘我們桃花的人都給他死命啄下去，啄到他爸媽認不出人來為止。」

鍾流水交代完家裡的看門雞，終於還是起身了，一步一個歪斜的走出院子，倚著白霆雷的機車蔑視著，「你動作老是慢吞吞，將來如何成大功立大業，做人民的好榜樣？」

「我掐死你！」

掐死了沒？當然沒掐死，白霆雷這小小警察哪會是資深妖孽的對手，結局自然是他乖乖騎著心愛機車，把鍾流水載到了明雲村，直殺村長家中。

「她擔任神婆多少年了，本名是？」白霆雷掏出筆記本來詢問。

呀、問倒村長了。

「她是遊民，姓名年齡不詳，也從來不跟村幹事申請老人津貼或敬老禮品……從我小時候開始她就住在山神廟後面，所有人都說，她專門傳達山神的旨意。」

白霆雷小心地問：「村長你四十幾歲了，那麼神婆……四十年前長什麼樣子？」

鍾流水在路上就已經聽到照片的事情，自然懂得白霆雷如此詢問的用意，這時也眼神炯炯等著村長回答。

村長表情都僵了，村長他媽立刻過來說：「嘿咩嘿咩，偶活了六十幾、不不不、五十幾年，神婆都還素神婆，沒變捏～～」

「她跟誰來往密切？」白霆雷追問。

「平常神婆都待在廟裡不出來，她都是一個人。」村長說：「有個住在山裡的女孩會去找神婆，沒人認識她。」

白霆雷啊的一聲叫了出來，對鍾流水說：「是金絲！我第一次去找神婆的時候，看見她在山神廟收雞蛋。」

「這事怎麼不早說？」鍾流水橫了他一眼。

陸‧
今古神婆雙胞，人皮疑雲未了

兩人從村長家出來後，直接又到山神廟去，廟後小屋空空如也，也沒有出現小蛇攻擊，維持昨天他們離開後的樣子，看來神婆並沒有回家。

白霆雷很焦躁，問：「該不會畏罪潛逃了？」

「……往千山急雨居去看看，我想金絲了。」鍾流水擺手悠然說。

白霆雷嘰咕嘰咕，「……妖孽配蛇怪，天作之合一對寶……」

「什麼？」

「沒有。這就去金絲的家。」

熟門熟路來到以障眼法做為掩蔽的的山壁前，鍾流水左手三山訣、右手桃木劍於山壁上畫了個透壁符，口唸穿山透壁咒。

「玉山壁連，薄如紙葉，吾劍一指，急速開越！」

山岩震動，鳥飛蟲跳，山壁上赫然出現人高的山洞，白霆雷對於這景象已經波瀾不驚，但當他要走進去時，卻被鍾流水阻擋。

「等等、防蛇之心不可無，還給你弄個『制虎狼毒物咒』保險些。」

他捉著警察的手掌在上頭快速畫符，口唸七遍咒：「天門厭鬼門，猛獸自外棄，一切凶惡不得妄起，急急如律令！」

癢啊真的很癢，白霆雷堂堂男子漢，當然不能學娘兒們笑到腰肢亂顫，只好繃著張臉，不知道的人還以為他正遭受萬毒鑽心的酷刑呢。

「金絲不是已經被你收服了？還這樣防著她很奇怪……」受刑完畢，白霆雷不解地問。

「沒聽過最毒婦人心？」

「我知道無毒不丈夫。」

「這就對啦，我防她，她防我，天經地義。」鍾流水白眼一丟。

媽媽這個世界太危險了吧？白霆雷風中凌亂了。

再次穿過山洞，到了如夢似幻的煙霧山林，但白霆雷記得先前的教訓，知道這小山林雖美，卻是金絲佈下的寒水煙波陣。

不過神棍本身不怕這煙，自己又已經做好了防護措施，所以他放心大膽的進入。

雖然不怕毒霧，但能見度被侷限在有限範圍內，讓人就像被鬼打牆一樣，鍾流水卻是胸有成竹了，一邊走一邊話嘮著。

「起那麼大一陣煙，是取『煙籠寒水月籠沙』、還是『千里煙波，暮靄沉沉楚天闊』之意？

不過就是瘴癘之氣，硬要附庸風雅搞什麼名堂？唉，巽退艮進，我剛剛繞錯了圈，走這裡才對……」

白霆雷一邊跟著走，一邊心裡腹誹，要說到附庸風雅，誰比得上神棍？整天學魏晉的竹林七賢，窩在桃花樹下肆意酣暢，袒胸露腹瘋言瘋語，一堆收妖的好本事在身，卻不努力賺錢，讓外甥過更好的生活，太不負責任了。

還沒腹誹完，卻見神棍停下了。

白霆雷回想進森林前所目測的規模，問：「這才走到一半吧？」

「不，這裡是陣眼，要破寒水煙波陣，得由陣眼來行。」

鍾流水摸出八根桃枝，分往震、離、兌、坎、巽、坤、乾、艮八個方向定位，說：「等我唸完雷池咒，這裡就將成為雷池，外頭任何陰煞戾氣都無法越雷池一步來傷害雷池陣裡的人。」

白霆雷聽懂了一些，就是說待在這裡別亂動，但他不知道桃枝能鎖陽氣、拒陰氣，定八卦方位後，能將白霆雷與寒水煙波裡的陰煞之氣給隔離開來，而白霆雷本身的聚陽之體更因為呼應雷池咒的緣故，會發散源源不絕的陽氣，最後將這雷池陣給充滿，達到萬無一失的保護效果。

鍾流水唸完了雷池咒之後，過死門出八卦圈，取桃木，上書召風神威毒天君浮，口吟起風咒，「飛沙走石穿山林，震響霹靂哮吼聲，翻山入水怒濤驚，急急如律令！」

剎那間風吼連連、厲嘯烈烈，狂風繞捲過鍾流水的腳踝後急掠向上，刀割一般的痛楚同時劃過他的肌膚，但他恍若未覺，彈了個指頭，桃為五木之精，自能吸引石中火、空中火、三昧火，三火齊飛風火交作，瘴癘之氣也成為脂薪而燃。

雷池陣中的白霆雷被外圍燃燒的氣勢給弄得心驚膽顫，但那風火無論怎麼燒，都無法靠近八根桃枝所畫出的界限之內，站在雷池之中，白霆雷看著紅紅火光映著鍾流水妖異詭奇的表情，心中只有一個想法——

玉皇大帝王母娘娘濟公活佛觀世音菩薩誰都好，快把這禍害給收了去吧～～

火熄後四野清明，寒水煙波陣的毒氣與遮蔽效果全被移除，十幾公尺外金絲的室外桃源居處顯露了，那是一棟簡雅小木屋，被扶疏花木圍繞，兩人快步過去，站在落英繽紛裡。

「金絲小親親？」鍾流水試著喊了一聲。

沒回應，屋裡沒人，鍾流水乾脆直闖屋裡去了。

白霆雷本來覺得私闖民宅這樣沒禮貌，後來他想通了：金絲不是人，所以就算他侵入，也不算觸犯了違法侵入住宅罪，因為這條罪證成立的前提是侵入他人住宅，而非侵入他「妖」住宅。

陸．今古神婆雙胞，人皮疑雲未了

他一進入就聽腳下傳來喀喇碎響。

青著臉看鞋底，黃黃水水一片，又看看這敗絮其中的房子，天，金絲外表乾淨整齊，房子外層也簡樸雅緻，屋子裡卻荒涼單調，沒任何桌椅擺飾，地下都是土，然後滿地大大小小顏色各異的蛋，剛才那聲碎響就是他不小心踩破一顆藍底灰斑點的蛋來的，除此之外，屋子正中間還放了一個下圓上窄的爐鼎。

「哪來這麼多蛋？」白霆雷憤憤地看著地下問。

鍾流水對放在屋子正中央的石頭爐鼎還比較有興趣，「來、看看這東西。」

兩人沿著蛋蛋之間的縫隙過去，這才發現那爐鼎很大，玉石做的，上下兩個疊合在一起有白霆雷那麼高，而且——

「這不就是陽城罐？」白霆雷看出端倪來了，雖說眼前這個陽城罐跟神婆屋裡的形狀一模一樣，但比起來，金絲屋裡的這件卻比人還高；另外神婆那件是土燒的，這個的材質卻是拙劣玉石。

「這樣的陽城罐，好像在哪裡看過啊……」鍾流水繞著走了一圈，喃喃說：「……根據這玉爐受滲白化的程度，還有表面的髒污，看來是從地下挖出來的，而且年代久遠……陪葬品？」

一聽是陪葬品，白霆雷立刻嫌惡地退後一步，喀喇幾聲響，又幾顆蛋蛋在他腳下遭了殃。

「神棍你不是說陽城罐是煉丹藥用的?金絲拿這東西當花瓶嗎?」

「……自古丹師煉藥的法門千奇百怪，這玉石丹爐應該是為了煉製某種特別的丹藥而訂製，至於煉的是什麼……小霆霆你過來蹲個馬步。」

「這樣嗎?」白霆雷依言近前蹲了個馬步。

鍾流水踩上警察平支的大腿，高度正好讓他掀開罐蓋看裡頭，好半晌後下來，「啊、是雞蛋，滿滿的雞蛋，金絲拿這丹爐當儲藏瓶，太浪費了。」

「不說一聲就踩人，沒禮貌!」警察開罵了。

鍾流水歪著頭說:「……沒道理啊……」

「當然沒道理，下次你要踩人，起碼先打個招呼是不是?」

「不對，我指的是丹爐……」鍾流水指指自己的頭髮，全往陽城罐的方向豎過去，就好像那爐裡藏著個大磁鐵，而頭髮就是一根根的細鐵絲，不管鍾流水怎麼移動，頭髮永遠指往爐的方向。

「我的頭髮對陰氣有指向性，這爐子很陰……」神經質的咬咬指甲，鍾流水不安地推測，

「當然、若這東西是從古墓裡挖出來的，玉質吸魂，或者因此吸入了不乾淨的東西……」

「可你說裡頭是雞蛋。」

「儲備糧食吧，金絲是蛇，愛吃蛋不奇怪。」鍾流水很不放心地再度看看陽城罐，他不喜歡這罐子，怎樣都不喜歡。

千山急雨居裡沒有任何收穫，兩人接著轉往地陰水眼處。上回他們是搭了飛蛇航空過去，花不到幾十分鐘的時間，這回完全靠兩輪代步，山區路又迂迴曲折，折騰了一個多小時才到達地陰水眼處。

雖說是白天，水眼陰氣依然濃厚，基於上回從水眼裡爬出了個可媲美七夜怪談裡貞子的神婆，兩人一點都不敢大意，站在黑霧觸不得的距離外，但即使如此，強烈的陰氣依然讓白霆雷有些頭暈眼花，而這還是拜了他的聚陽之體所賜，如果是普通人，被這樣強烈的陰氣襲擊，早暈死了過去。

「神婆會不會還躲在裡頭？」白霆雷望著池子上頭氤氳的那一層黑霧，吞吞口水問。

「那就要問問我的這一根……」鍾流水從懷裡撈出個東西，「犀角。」

「你真準備了犀角？現在禁止買賣犀牛角，你你你、我我我……」他一著急，不小心就吸入了一些游離陰氣，缺氧了。

「我幾百年前就拿到這東西，不受現時法令管束……不跟你說了，反正你不懂它的好處。在這裡待著，我去攪攪水眼。」

說完鍾流水就往水眼走過去。

白霆雷本來想跟去看看神棍搞什麼名堂，但是池水上頭的黑霧彷彿因為察覺到有人意圖入侵，又開始蠢蠢欲來，他因此乖乖退回，掏出手槍備戰。

面對這黑霧，鍾流水張開了他的桃花傘，喝一聲轉，傘面立刻自行旋轉，帶起一陣氣流，這讓霧氣的威力大大減損，其中一些雖然鑽空隙進入了傘下，但鍾流水的仙體足以抵禦這輕毒，就這樣來到池邊，拿著他的大犀角蹲下。

犀角，前實後空，角尖部分是實心的，靠近鼻子或腦門的部分則為空心，古人截取犀角製成角杯來飲酒，認為能驅除邪鬼病殃，用來盛水，角中的藥用成分也會溶解在水中。雖說鍾流水偶爾也會拿這犀角杯來飲白酒、增香味，但此時此刻，犀角卻能發揮出另一種更為犀利的功效。

辟瘴、辟毒。

陸・
今古神婆雙胞，人皮疑雲未了

池水混濁，看不到底，他執著犀尖端處，以靠近犀牛鼻子的空心段處來攪拌池水，很快的池水湧起滾滾白沫，就像有人往裡頭倒了一堆洗衣粉，沒錯，遠遠望著的白霆雷真以為是如此；但那泡沫又慢慢的破滅、飄散，以鍾流水的視角來看，池水雖不至於一清到底，混濁度卻也是大大降低，但——

空空如也，沒有神婆，也沒有骷髏頭，應該說是什麼都沒有，就連能在極端環境裡存活的噬極端菌都沒有。

「怎麼樣？」白霆雷問撐傘走回來的神棍。

「唉唉，通書說今天為五不遇之日，果然出行、訪友都失利。」鍾流水搖頭看天色，「天快黑了，走吧。」

身後池水深處又漸漸湧起泡沫，霧氣攏聚，催促著他們勿逗留，夜裡的乾元山從來都不歡迎活人。

下山後，白霆雷照例送鍾流水回到群青巷口，見鍾流水邊打哈欠邊往巷子裡頭走，還拿起小葫蘆喝起酒來，鄙視，虧他今天大方提議要請吃飯呢，酒鬼就是酒鬼，要喝酒不要吃飯，相信神棍的血管裡流的不是血液、是酒。

白霆雷回小組辦公室的路上，手機響了，他把車停在路邊接聽。

「有奇怪的案件發生。」譚綺綠的聲音發著怵，「一具女性屍體……怎麼說……你回警局看看就知道了。」

白霆雷疑惑起來，這類案件一般而言該由偵查隊來負責，譚綺綠特別打電話來通知他，只有一個可能，這位女性死亡的原因不尋常，牽扯怪力亂神。

火速趕回警局，根據剛剛的電話，他原本以為女性死者已經移到停屍間去，到了警局外頭看見三道封鎖線，才發現刑案現場就在警局前頭大馬路中間的分隔島上。

入夜的市區有明亮的街燈，但分隔島上額外支起了數支探照燈，譚綺綠人也在那上頭，見到白霆雷立即招手要他過去。

白霆雷越過馬路，發現鑑識隊員及偵查佐都在，每個人都在議論著躺在分隔島上的屍體，臉色一致驚悸。

「太、太匪夷所思了，就在警局對面，卻沒人發現屍體什麼時候被移來，而且……」譚綺綠掩不住眼裡的駭然，「這屍體……算不算是屍體？沒有骨架、內臟、沒有血……」

陸·
今古神婆雙胞，人皮疑雲未了

白霆雷受到她的情緒感染，自個兒也緊張起來，吞吞口水追問：「到底是什麼？」

「皮，一層皮……完整的人皮……」

白霆雷跟現場同事打了聲招呼後過去看，心裡咯噔一聲，那具屍體、不、該說那張人皮、他認識。

神婆！

鬼事顧問、零貳。髑髏夜走。

【第柒章】姜姜威霸天下，章魚蓋世天尊。

玩。

來說說鍾流水的天兵外甥姜姜吧。

稍早他嫌天氣熱，逼著張聿修去速食店吹冷氣、喝可樂，吃飽喝足了，才又跑到張聿修家裡玩。

張聿修的父親張敬是玄奇門掌門人，常常不在家，母親及弟妹卻都喜歡姜姜，張母憐惜這小孩從小就失去了父母，每次見到人來，都忙前忙後送冷飲傳點心，比對自己三個小孩還貼心。

也無怪乎姜姜很自然把這裡當第二個家了，熟門熟路衝上樓後就霸佔起張聿修的電腦。

「章魚章魚，我下了『天穹榮耀錄』來玩，新手村領任務很無聊耶，你去開你弟那台電腦，陪我一起玩。」

張聿修對網路遊戲從來都沒興趣，搖搖頭說：「我看些書，你玩吧。」

姜姜也不勉強同學，隔著房門吆喝張聿修的弟弟張聿湜上線，小朋友喊問姜姜遊戲裡的名字要加好友，他遊戲裡的 ID 是吼風。

「威霸傲天下。」姜姜說。

張聿修一口茶吐出來，「……這麼霸氣的名字？」

「合我的氣質。」姜姜理所當然的說，注意力回到遊戲裡，「……啊啊啊那個死 NPC，我排

柒．
姜姜威霸天下，章魚蓋世天尊

隊排好久了，為什麼不給我任務？我威霸傲天下耶，他是不是怕了我？也對也對，我霸氣外漏到連NPC都知道……」

姜姜你可以再天兵一些，張聿修心中說，順手拿起床頭讀物《古往今來符咒術彙編》，找找看有沒有專治天兵的符咒術，眼前就有個人可以試試效力。

「……唷吼我領到獎賞了！」這邊姜姜完成了新手村族長給的採藥任務，領了獎品打開來看，「『迷死人不償命花簪』？我『威霸傲天下』要這東西做什麼？對了，下次組隊時送給同行的美眉……」

姜姜心裡打著小算盤，這款網遊有結婚系統，美眉收到禮物後，說不定會願意當自己的婆呢，哇哈哈～～

張聿修見姜姜在電腦螢幕前笑的花枝亂顫，看來治天兵符也制不住姜姜同學……有了，他翻找到一張專治未知或奇怪疾病的符，上頭特別註明了說，當許多道士黔驢技窮時，就會把最後希望寄託在這張符上。

他於是高興的鑽研起這張符來，嗯，飭令旁有四功曹、下有八卦、非神，雲，雷、鬼、三煞星，若要解讀此符意義，大抵就是以此符來命令天上四功曹以閃電來打擊雲中惡鬼及引病三煞……不知道花痴算不算是煞病……

又看了看電腦前流著口水的姜姜同學，張聿修終於問出了心中許久的疑問。

「鍾先生他……是何方神聖？」

到底是何方神聖？兩個月前的一個晚上，姜姜同學突然間卡了陰，從這間房裡跳出去，就在田淵市大街上碰上了個可怕的白髮鬼物，接著鍾流水追過來，當時的鍾流水全身散發金光，據張聿修所知，身上會散發金光、紫光或紅光者，若不是神與佛，那就是修仙得道者。

父親那時好像已經猜出了鍾流水的身分，但對於兒子的詢問卻三緘其口，說對方既然選擇隱姓埋名，必有苦衷，他也不好大膽洩漏。

人若沒有好奇心就不是人，張聿修雖然外表跟個性都穩重，但他對鍾流水也真的不是普通好奇，所以想從姜姜這裡探聽些什麼出來。

「我舅舅？」姜姜右手滑鼠左手鍵盤，又從村中鐵匠那裡領了個新任務，玩得不亦樂乎呢，聽了同學問就隨口回答：「舅舅是鬼。」

「鬼？」張聿修存疑，難道鍾流水曾事先交代外甥，若有人問起來歷，就隨口敷衍。

「對啊，鬼，腹黑鬼，剝皮鬼，酒鬼，自我感覺良好鬼，鬼中之鬼，萬鬼之王……」說的順口又自然，看來這些稱號平日在小姜姜的柔腸裡百轉千迴，已經成了他對舅舅的定義了。

「他能將你養到這麼大，人應該很好。」張聿修是旁觀者清，知道鍾流水其實相當疼愛外甥。

「哼、他情願把賺來的錢都拿來買酒喝，我讓他買手機買電腦都不肯，小氣巴拉！」說著說著，姜姜都有些傷心了。

「……他很厲害，只要多接些法事，想買幾台電腦都不是問題。」

沒錯，這年頭神棍到處充斥，耍嘴皮子廣收信徒，天花亂墜的促銷所謂的開運聖物、祈願吊飾、招財法寶，信徒自己沒發到財，那些神棍倒是荷包滿滿。想想，連半吊子都能日進斗金，那像鍾流水這樣的人，光憑相貌就能收服一堆女人的心了，更別說他真才實學，收妖化煞哪個不精？真要出去見客，只怕他們玄奇門都沒得混。

姜姜忽然停止滑鼠動作，回頭說：「不行，舅舅說我們要低調，塵世裡隱姓埋名，要不，會有人找我們麻煩。」

張聿修不相信，「鍾先生也有害怕的人？」

「嗯。」姜姜指指天上、又指指地下，「他說鬼神總愛顛倒是非，他不要我受牽連……唉，我也不知道舅舅說這話什麼意思，反正他說現在啊，只要我跟灼華平安就好了。」

「灼華不就是你家院子裡的桃花樹？我記得鍾先生把那棵樹當成親妹妹在照顧……」

「對啊，舅舅還規定我每天早晚都要跟灼華請安呢，小時候我偷偷爬樹，折斷一根樹枝，他就罰我跪在樹前好幾個小時……真是，舅舅是個桃花控！」姜姜氣鼓鼓地說。

張聿修回想桃花院落那株娉婷樹木，在他感覺裡是有靈的，就像深山老村裡總會有些吸納了天地靈氣的樹妖花精，擁有了人一般的意識，那麼，鍾先生的那株桃花樹也是一樣的嗎？

關於鍾流水，很多的謎團圍繞啊。

姜姜這時候突然提議：「章魚跟我一起上遊戲吧，我們來建幫派，就叫做……嗯、這個、威霸蓋世傲天下，對，你的花名就是蓋世天尊，我們聯手，打敗天下無敵手哇哈哈～～」

「……你玩遊戲的時候，是不是常有人找你ＰＫ、或者無緣無故被偷襲、或者很多人來搶你怪？」

「對、你怎麼知道？」姜姜恍然大悟，「你弟說的對不對？他非常仰慕我打怪時的絕代風華。」

暴汗！張聿修不用自家老弟的密報也能猜個大概，你說吧，名字取得如此囂張，這不是過街

柒．
姜姜威霸天下，章魚蓋世天尊

老鼠人人喊打嗎？

兩人說著玩著，姜姜又在張家撈到一頓豐盛的晚餐，到晚上約八、九點的時候才起身要回家去，張聿修實在不放心這個天兵，認命的騎腳踏車送他回去，經過公園時，張聿修的腳踏車突然間騎不動了，輪胎不明原因的卡著。

「怪了……」

張聿修檢查了一遍又一遍，鏈條沒鬆，胎氣飽滿，但兩個輪子怎樣都不肯動，姜姜大呼小叫起來。

「章魚你車子鬧脾氣耶，別理它了，去買機車吧，買白叔叔那種帥氣的車！」

「未成年不能騎機車……」

張聿修無奈地解釋，心底卻被腳踏車弄得很火。遍尋不著原因後，張聿修突然間福至心靈，立刻劍指比眉心，口唸開天眼咒。

「擊開天門，九竅光明，速開大門，變魂化神，急急如律令！」

他劍指放開，眉間天目立即開啟，這天目就是俗稱的陰陽眼，有些人一出生就具備看透鬼神的能力，比如說白霆雷，至於一般人可由修練得來，只是開天眼相當耗費精氣神，所以除非必要，張聿修不會施行此法。

再往腳踏車輪處看，兩道青色藤蔓由地裡出來纏繞著輪胎不讓轉，這就是腳踏車怎樣踩踏板都踩不動的原因，而張聿修知道，那青色的藤蔓其實是陰氣的一種實體化。

陰氣這種東西沒有靈識，不會主動來找腳踏車的麻煩，唯一有可能的是，有高明的惡鬼或惡法師操弄著一種凝陰術來戲弄他們，他立刻甩脫腳踏車，抓著姜姜跳到一旁。

「怎麼了怎麼了？」姜姜根本沒搞清楚狀況。

頭上傳來哀厲的切齒聲，張聿修警戒抬頭，一顆發著藍色幽光的骷髏頭飄浮在他們上頭，那磨牙切齒聲就是由他幾顆參差不齊的牙齒上下交擊而發出來的。這樣的夜晚這樣恐怖的骷髏頭，張聿修怎麼想，都知道這並非無聊人的惡作劇。

「今天萬聖節嗎？骷髏頭飛來飛去耶，哈哈，釣魚線在哪裡？」姜姜指著上頭哈哈笑。

「躲我後面。」無法判定骷髏頭是敵是友，張聿修只能將戰力為零的天兵給護在身後。

骷髏頭沒有任何動作，地下兩道青色藤蔓卻突然化為青煙，煙裡出現兩隻鬼頭，面如藍靛髮似硃砂神情可畏，充滿汙穢邪氣。

張聿修被人號稱為新一代年輕才俊小法師，對抗惡鬼的膽子是有的，但大路之上公然鬥起法

柒．
姜姜威霸天下，章魚蓋世天尊

來，準會誤傷路人，他立刻喊姜姜逃往旁邊的公園裡，要找個幽深安靜的處所辦事。

往公園出口處跑了十幾步，發覺不對，一回頭，姜姜站在原處文風不動，似乎等著那兩隻惡鬼過來，弄得張聿修幹譙，姜姜你也別天兵的如此有個性啊！

張聿修匆匆忙忙又跑回來，這次記得拽緊了姜同學的手往外拖。

姜姜完全沒想到張聿修竟會去而復返，就這麼被拖到了十幾公尺遠，但他顯然不太合作。

「何必？」低聲問，情緒無高低起伏。

沒料到姜姜會在這節骨眼上來個大大脫線，張聿修要開口責難時，心一動，姜姜的表情危險狂野，就跟兩個月前天罩血光紅雲的那一夜一樣，整身的陰氣洶湧澎湃像不要錢似的，張聿修當下反應是姜姜又卡陰，卡到的還是煞氣猛烈大惡鬼。

就算張聿修有超越一般高中生的穩定性子，可身邊同學莫測高深，後頭兩隻鬼凶暴猖獗，讓他都慌了手腳，而姜姜這時卻有陰冷笑容漾起。

「讓開。」他順手推開張聿修。

青煙先行，寒氣將兩人籠罩，大猩猩般的兩隻鬼逼近。

「野鬼沒人管就囂張跋扈了。」不把鬼放在眼裡的狂傲，姜姜唇角上揚，勾起冷冷的笑。

兩凶鬼被激的血目怒睜，青霧裡張牙舞爪，就想滅掉地下這眼神不正的少年。

張聿修劍指於左手掌心連寫五個雷字，金光聚耀掌中，喝一聲拍出雷厲光，金光化為雷矢激射兩鬼，爆炸開來霹霹啪啪。

兩鬼鬚眉於風中猙獰，張聿修的雷厲光打出了點效果，成功給予傷害，不過他修為淺，傷鬼程度有限，兩鬼很快恢復精神衝來，目標卻還放在有對桃花眼的少年身上。

姜姜怒眼迸現殺機，一波金屬般尖銳的氣流激烈由體中爆破而出，就像飽滿的氣球瞬間炸了開去，無形的鬥氣四射，撞得兩鬼往外空翻了幾圈，狺狺吼聲響徹天際。

骷髏頭保持了距離觀看，一直納悶著，他認清了鍾流水的真正來歷，也知道姜姜是他的外甥，但這少年除了承襲鍾流水的外貌優點外，完全沒有桃花仙一派的輕靈擢秀，反倒橫暴獷悍，到底怎麼回事？

這少年是什麼來歷？

張聿修倒是已經見怪不怪了，拽著姜姜繼續往公園衝。

「放開！」果然姜姜不樂意，動手動腳掙扎。

一個要跑一個不讓跑，可想而知這對難兄難弟很快就被惡鬼雙人組給追上，鬼靈張口噴出慘

柒．姜姜威霸天下，章魚蓋世天尊

綠色燐火，張聿修知道那每一簇燐火可都是濃純正的陰氣，碰上都會減耗掉自己的陽氣，當機立斷攔抱著人往地下翻滾避開，聽到砰的一聲，他們原來站的地面被燐火燒出了一個洞。

「……咦、啊……我跌倒了？」身上沾滿草泥的姜姜揉揉眼，大夢初醒般的追問，「章魚你幹嘛推人？」

張聿修都要哭了呀，這天兵到底演的哪齣戲？

但他沒時間哭，頭上慘慘陰風又至，立刻跳起來抓著姜姜再度跑。

「欸欸欸，為什麼跑？有兩隻鬼追我們耶……章魚你收妖收不乾淨吼？半吊子……」

姜姜搞不清楚狀況，既然張聿修如此賣力跑，自己也就跟著玩唄，他從小跟著舅舅一起，什麼妖啊鬼啊怪啊魔啊沒見過？但是、為什麼它們藍色的爪子只往自己背後撓，完全不管張聿修？

「章、章魚……怪物不是我開的，怎麼仇恨全在我身上？」姜姜邊跑邊嚷，「我我我、我跑不動了，你是道士，道士就是牧師，快給我加血呀～～」

敢情姜姜這小子以為玩網遊呢。

路上有許多於夜晚散步休閒的人，那些人無法見鬼，就看到兩高中生一前一後衝，後頭煙塵滾滾，彷彿有風追著他們。

「別往後看，跑就對了！」張聿修邊跑邊注意後頭的姜姜，生怕他又像剛剛一樣秀逗，主動停下挑釁惡鬼。

姜姜拼了老命啊，可惜他運動神經普通，跑不快，感覺到陰冷鋒面都碰上脖子了，忍不住機伶地抖了一下，一沒注意到，腳下踢到東西，就這麼咚的一聲被絆倒，摔了個大跟斗，獰笑聲響於耳邊，姜姜自然而然閉緊眼睛，沒辦法，這兩隻鬼長太醜了，傷眼。

張聿修發現大事不妙，要再度使出雷厲光，五個雷字只來得及寫出兩個半，惡鬼已經抓上了姜姜脖子。

說時遲那時快，姜姜眉心金光散射，強烈到連惡鬼也睜不開眼睛，想煞住自己追勢都來不及，就被那金光翻的滾倒在地狼狽不堪，姜姜覺得有異，於是睜開一隻眼睛瞧，咦、惡鬼退散呢，啊哈哈這小子得意起來了。

「哼、知道我的厲害了吧，這次我原諒你們，快滾！」

旁觀者清的張聿修可沒這麼白目，他將一切看在眼裡，猜測是鍾流水在外甥身上弄了什麼保命的法術，讓他躲過一次危機，但是保命法術的保護效果雖然比一般的法器高，唯一的缺點就是不知道能維持多久效期。

柒・
姜姜威霸天下，章魚蓋世天尊

兩惡鬼倒真的是嚇了一大跳，但鬼的執著心不同於人類，一等金光散去，立刻又追過來。

姜姜還挺胸叫罵呢，冷不防又被張聿修抓著跑，他不解地追問：「到底要跑到哪？」

「這鬼我收不了，得請鍾先生幫忙！」

「唉呀、你害怕啦？你要多向我的臨危不亂看齊啦！」姜姜同學搖搖頭，眼睛還訴說著「你遜咖」三個字，接著就跳過公園圍牆。

留張聿修在入口處地下發了兩秒鐘的呆，想：姜姜你為什麼能夠天兵到前無古人後無來者呢？咱倆相識是對是錯？能不能回到從前，我跟你完全沒任何交集的時刻？天啊來顆隕石送我穿越吧……

就在張聿修黯然銷魂時，某隻蒼白的手拍上他肩膀，張聿修嚇得心臟差點從口腔蹦出，回頭還要打雷，卻發現不是厲鬼，是兩個重金屬裝飾品掛滿身上的龐克族，一穿黑衣一著白衫，氣質三分不像人七分倒像鬼。

白衣服的那個問：「這不是玄奇門的小子嗎？你跟姜姜要去哪裡？注意啊，別讓姜姜被壞人拐走，將軍會心疼死……哦、你們還帶鬼散步哦？聽小白哥哥勸，損鬼交不得……」

穿黑衣的那個表情、態度比較正經，他見張聿修神色緊張，兩鬼狂躁激動，哪一點有朋友的模樣？

「不對，有異。」他提醒白衣服的小白。

張聿修天眼還未收起，見到這兩個人心裡一喜，暗道有救了，田淵市土生土長的他認出這兩個人是本市城隍廟派下的黑無常、白無常，簡稱小黑小白。

「請兩位大人出手相救！」他喊。

小白一樂，有誰聽見自己被喊成大人而不高興的呢？立刻——推小黑出去，說：「我文你武，你去吧。」

根本也不用小白提醒，小黑已經鬆開腰間勾魂鐵鎖朝張聿修頭上迴繞，那勾魂鐵鎖專門鎖離魂、勾遊魄，打著惡鬼就跟凡人受刀劍損傷一般，鐺琅琅清脆響，兩惡鬼立刻分向兩方彈飛，避開鐵鎖的制空範圍。

「吾乃鬼差黑無常，勸汝等收手離開，煩擾良民必受天律責譴！」黑無常喝道，他向來嚴肅拘謹，從不說多餘的話，與小白的話嘮天差地遠。

兩鬼認不出黑白無常為陰間冥吏，不在乎那官腔的威脅，分兩頭拐繞過小黑，採迂迴攻進。

小黑搶進，勾魂鐵鎖當頭往一鬼綁去，鬼反拉鐵鎖，與冥吏玩起拉鋸戰。

這邊彼此牽制，誰也不讓誰，另一鬼卻是得了空，直撲一旁傻傻觀戰的姜姜。

看見姜姜沒有反應，張聿修再度打出雷厲光，雷矢伴著轟轟隱雷閃耀，鬼開口狂嘯，燐燐鬼火奔騰而出，雷厲光中和了一部分鬼氣，其餘卻四處擴散，嚇得小白、姜姜跟張聿修倉皇逃竄。

不是因為這鬼火具有核能電廠爆發的威力，而是——太臭啦！臭到令人作噁，當中更有無以數計的蟲蛆毒蠅飛散，恐怖的生化與生物武器攻擊。

「靠你們野鬼都不刷牙的啊？當鬼就忘了衛生工作，身為鬼界最前線尖兵的小白我都感到羞恥！嘖，簡直是臭雞蛋放了幾百年後的臭味，地獄二殿裡的膿血地獄跟糞尿地獄比起你的嘴來，都能直接升格為香、香、香那個香格里拉呢！姜姜、章魚啊你們說對不對？」小白嘩啦啦抱怨。

張聿修的確也跟著悲憤了，章魚這個綽號何時連鬼差白大人都能琅琅上口了呢？苦逼的他一邊懊惱，一邊還得打起十二萬分精神聚集手中雷厲光，誰叫小白跟姜姜這時候完全不給力，留著他一人孤軍奮戰。

雷矢再現，但戰力已經顯而易見的低落了，這雷厲光相當耗人精氣，張聿修短期間內連續耗用，對他不是件好事，礙於經驗之故，他又不像自己父親那樣懂得找到最適當時機去擊打敵人最脆弱之點，所以這時候已經是臉色蒼白搖搖欲墜了，成果卻只是幾隻毒蠅蟲蛆的屍體。

惡鬼察覺到小夥子的雷矢已經外強中乾，連閃都懶得閃躲，穿越雷矢直撲姜姜而去，附近有些民眾完全看不到鬼與鬼鬥，有人瞄到張聿修動作怪異，以為兩高中生玩龜派氣功呢。

這下子小白不出手都不行，他身懷鬼籙一本、定魂筆一枝，鬼籙記錄本市所有人的陽壽與死亡方式，定魂筆定讞魂魄去留，抓筆書空，直寫犯煞靈符，符字於虛空之中湧現，竟然呈現血色，整個衝往鬼身上，就聽後者一聲叫，鬼頭被燒出十幾個窟窿。

惡鬼更怒啦，改而飛撲姜姜。

姜姜討厭它的口氣與亂飛的蟲蠅，下意識雙手揮啊揮拍啊拍，手腕上五色絲無意間碰上鬼體，紅色血光由絲線中迸射出來，一顆顆奇怪的符字飛入鬼魅嘴裡。

惡鬼喉內赤火灼燒，哀嚎著倒地，而這突如其來的變化就連一旁還酣戰的小黑與惡鬼都停下了動作，搞不清楚火怎麼起的。

「唉呀、那是……」小白都呆了，「將軍好厲害，居然把專辟五兵的赤靈符藏在辟兵紹裡……」

原來姜姜手上綁著的五色絲有辟鬼辟兵作用，叫做「辟兵紹」，鍾流水還打入一張辟災躲殃的赤靈符，這麼說吧，若五色絲防禦能力有五級，赤靈符同樣五級，兩相結合效果加乘，防禦力

柒・
姜姜威霸天下，章魚蓋世天尊

加成到二十五級，如此一來，野鬼就被打倒了。

姜姜對於剛剛發生的一切還有些懵懂，轉頭問還目瞪口呆的同學，「章魚章魚，我怎麼了？」

「……你打敗了一隻鬼。」張聿修喘著氣答。

「怎麼打的？」

「用鍾先生給你的裝備。」說著說著，張聿修都有些嫉妒，這絲繩赤符的等級遠超過自己所見過的，要是自己也能弄出那麼強的防禦法術，此生無憾了。

偏偏有人不懂得同學小心眼了，還那裡得意呢，「啊哈哈，難怪我那麼威，我威霸傲天下嘛！」

……張聿修決定閉嘴，這小子果然天兵到無法超越。

一鬼倒地，另一鬼卻不甘休，棄小黑改朝姜姜飛來，姜姜巴不得再來個威霸傲天下，不避不讓，反正舅舅給自己綁上的五色絲好厲害，手繼續亂揮亂甩。

「來呀來呀，我再燒死你，我打死你！」

「不！！！！」小白慘叫著要過去擋著，辟兵紹威是威，效能只有一次啊！

張聿修再次發動雷厲光，沒啥威力的攻招也只讓鬼晃了一晃，鬼爪眼見就要抓到姜姜脆弱的小脖子，小黑的勾魂鐵鎖卻追來纏繞鎖住，成功阻撓鬼勢，但它噴出的鬼氣還是讓姜姜退卻。

「好臭好臭……」姜姜捏住鼻子。

惡鬼為了解脫身上桎梏，又跟小黑對戰起來，小白也施出他的定魂筆，這下二比一了。

而小白小黑本就擅長抓鬼鎖鬼，幾個回合之後，惡鬼身纏鐵索重重摔於地下，揚起大片塵灰。

塵灰散去，所有人睜眼細看，兩隻鬼伏地之處只有兩具人骨，頭骨、胳膊骨、腿骨等等一個不缺。

「這、這是百骨魔啊！」小白當先叫出來，「哪個殺千刀幹出來的無聊玩具？不守陰陽正道的惡法師才懂得弄這玩意，缺德啊，害人那麼好玩嗎？都不懂黃泉業鏡台，待汝來相見，來遲來早的問題啊！」嘰哩呱啦嘰哩呱啦……

張聿修也聽過百骨魔，不行正道的法師會於夜黑風高的夜晚，前往亂葬崗去挖撿人髏骨，湊齊腦袋、胳臂、腿腳，以舌尖及中指的鮮血滴上，再用特殊邪符一催，可供役使的鬼僕就完成了。不過這樣煉出來的鬼僕相當凶狠，隨時隨地會反撲主人，不像一般養鬼術裡的小鬼好擺弄，所以煉的人少。

所以，什麼樣的人會不顧自身安危，煉了百骨魔放出來咬人？張聿修仰頭望，那顆發著藍光的骷髏頭已經不見了。

小白這裡還嘮嘮叨叨呢，冷靜的小黑制止他，說：「田淵市裡無緣無故出現百骨魔，不對勁，我們先回城隍廟去秉告城隍爺這事情。」

「對，百骨魔不過是聽命行事的下等魔物，後頭肯定有人指使著……等等，攻擊對象選定姜姜跟章魚，不是玄奇門就是鍾先生的仇人，兩個小孩危險哪。我們分別護送他們回家，再往城隍廟會合。」

姜姜一愣一愣聽著小黑小白的討論，最後說：「不用你們護送啦，我威霸傲天下打遍天下無敵手……」

「謝謝兩位大人。」張聿修趕緊搶過話，免得姜姜繼續大言不慚下去，丟臉。

兩陰差處理掉人骨頭之後，小黑跟張聿修一道走了，小白則陪著姜姜回桃花院落。此時，鍾流水正站在桃花樹下發呆，想什麼只有他自己知道。

「舅舅我跟你說哦，今天……」

「遇到鬼了？」

「嘿、舅舅果然天眼通！」目瞪口呆。

鍾流水的眼睛從外甥手腕上的五色絲轉往小白身上，他是明眼人，只瞄一眼便能確定赤靈符已失效，加上小白一副沾沾自喜想領功的模樣，用腳都猜出來了。

「百骨魔啊將軍，就這樣出現在市區，恐怖喔、恐怖到了極點……最近真不平靜，聽說乾元山又出現髑髏了，不過那裡非我管區……以後讓姜姜晚上少出門，壞人多啊～～」

「百骨魔？我不知道這事。你回城隍廟，讓你家長官跟陰間多申請些陰差來巡邏，還有小白你別混，這個月都不准拉小黑去聽重金屬樂團演唱會，把躲在陰溝裡的妖怪都給我掃出來。」

「啊啊將軍你好狠……這是我來人間當差唯一的福利啊……不行嗎？真的不行嗎？姜姜你幫我跟將軍說好話啊，小白叔叔買糖給你吃……」

對小白的苦苦哀求充耳不聞，鍾流水只是想，姜姜無緣無故受攻擊，該不會跟髑髏或神婆有關？當然也不排除其他人指使的可能，畢竟他在田淵市待了十年，幫鬼事調查組清了不少案子，樹敵不少。

這時，看門雞小玉咯咯昂叫，叫得急促而驚慌。

柒·
姜姜威霸天下，章魚蓋世天尊

「姜姜你去睡吧。」突然間鍾流水說：「小白，今晚你給我待這裡，不准走。」

「我跟小黑約了要……」

「小黑會揍你，還是我會揍你？」

「自然是將軍。」小白答的心驚肉跳。

鍾流水微微一哂，抬頭。

發著幽幽藍光的骷髏頭就在院落之外盤旋。

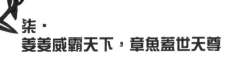

鬼事顧問、零貳。髑髏夜走。

【第捌章】隊長總是寂寞，申魈不請自來。

骷髏頭侵入群青巷，鍾流水一等外甥回屋裡，立刻跳出院子追趕，毫無疑義，百骨魔是那骷髏頭搞出來的把戲。

「給我停下來！」

骷髏頭急飛，冷光劃過夜色濃霧。

也不慵懶了，鍾流水於夜晚的市區裡追趕一顆骷髏頭，為了避開人行道上的行人而跳上道旁矮欄杆，施展一手草上飛輕功，許多路人就發覺身旁人影一閃，轉頭卻什麼也沒見到，搞得他們都以為見鬼了。

也因此當晚市區內各神壇收驚業務量暴增，骷髏頭的行為振興了傳統民俗信仰事業。

骷髏頭高高低低飛，與追兵始終保持著固定的距離，鍾流水自然知道骷髏頭打著壞主意，但那又如何？找了一天的正主既然大膽出現騷擾他外甥，這次不給他個天打雷劈，鍾流水嚥不下這口氣。

骷髏頭直往山區荒煙蔓草處去，鍾流水追入，草長淹過他半個身子，他還認出該處是乾元山上有名的古戰場，幾百年前曾有軍隊於此交戰，兩方勢均力敵，血流成河兵塗草莽，無定屍骨的怨氣於此根深蒂固，每到夜晚化為鬼哭啾啾魅氣逼人。

捌．
隊長總是寂寞，申魈不請自來

到了古戰場正中央，骷髏頭終於只在原處盤旋，鍾流水也停下腳步，含笑。

「想在這裡算總帳？」

「……你看看那些是什麼。」

鍾流水往四周看，濃密草裡汨汨往上湧起濃霧，轉瞬白茫茫一片，說伸手不見五指也不誇張，唉、怎麼又是霧啊？但他卻舔舔嘴角，興奮了起來。

「很好，我等著你娛樂我……」

骷髏頭發出奸猾的咯咯笑聲，笑聲中夾雜窸窸聲響，那是有物體穿過密密草叢時發出的嘈雜，鍾流水留上心，知道有暗兵埋伏。

這才是引他來古戰場的原因嗎？請了幫手，呵。

一道黑影箭矢般掠來，鍾流水微偏身，皺眉，有銳器劃破他秀雅的臉頰。

他摸摸臉頰，濕了，不用看也知道正流血，剛要找那攻擊者，四面八方又唰唰作響，無數生物隱在濃霧中逐步靠近。

「埋伏真多，不意外啊，再多來點吧，今夜我正覺得無聊呢。」鍾流水特意挑釁起來。

幽暗低吼此起彼落，七、八團魅影竄來，雖然霧氣及莽草遮蔽了視線，他卻相當敏感，飛身騰空避過攻勢，發現人騰的雖高，卻依舊在濃霧籠罩的範圍之內，等落回地面後，骷髏頭已經不見了。

「跑什麼跑，多陪我玩玩啊。」

鍾流水嘴裡說的戲謔，腳下動作卻迅快，想盡速脫開這片草叢及濃霧，但無論如何跑也總在霧裡草裡鑽，活生生遇上鬼打牆，而且感覺剛才攻擊他的魅影們一直追著他，若即若離。

一般而言，大部分的鬼打牆是因為碰上有怨氣的魂魄作祟，人會在同一個地方轉圈，永遠也走不出去，不過呢，會弄出鬼打牆的怨魂其實沒能力直接攻擊人，只會以霧氣逼人產生焦慮，人一但焦慮就會精神失常產生幻覺，狂奔之餘撞上大樹或掉入山谷，達到害人的目的。

碰到這種情況，只要按原來打算走的方向左轉或右轉九十度，就有可能脫離這迴圈，或者是留在當地什麼都不要幹，等霧散了，或是天亮了，自然而然鬼魅散去。

但鍾流水知道這不是普通的鬼打牆，因為他不但受到攻擊，攻擊他的東西更是實體生物，根本不是普通的怨靈，他在田淵市待了十年，也不是沒聽過乾元山裡有怪物，但、到底是哪種怪物？

不管是哪種怪物，都要速戰速決！

捌・
隊長總是寂寞，申魈不請自來

他從耳後拿出一片桃木，唰唰手書天兵神火符，腳踏北斗手掐劍訣，大喝：「天兵神火妖魔震退，急急如律令！」

桃符瞬即起火燃燒，野火帶起旋風擴散強掃，動地搖山，鬼魅吱吱狂叫抓緊野草，要不全都被捲飛上天去，但那些野草很快也都被火焰騰騰灼燒，熱氣恍如地獄業火，幾分鐘內鍾流水周圍燒出一大片荒地，霧氣驅散，他站在中央處，卻連根眉毛也沒焦掉。

西邊天空霞光豔豔。

少了野草及大霧的遮蔽，鬼魅終於狼狽現身，但牠們卻又很快就回復鎮定，動作一致，竟像是訓練有素的士兵，將鍾流水團團圍住。

那些鬼魅臉藍鼻紅，頭圓臉扁肚子白，全身覆蓋著厚軟黑褐色毛髮，居然是乾元山上原居的猴子。

鍾流水失望了，居然是猴子？有沒有搞錯啊！

「……去去去、我是桃仙，卻沒義務供應蟠桃給你們吃，找你們的祖先孫悟空要去。」他揮手趕之。

猴子面露凶光臉有怨氣，牠們可不像一般只會搶上山遊客食物的那些強盜猴，為首的那隻犧嘰叫了一聲後，其餘猴子分從前後左右及上方攻了來，鍾流水一抖手，桃花傘在握。

傘是好東西，攻守兼備，撐開能為盾，防禦鏢梭箭弩等暗器，旋轉時帶起大片氣流，驅趕惱人陰氣霧氣；收起則是棍，或掃或劈一大片，敵人眾多時橫掃千軍；傘頭尖銳比類槍頭，攻速快且殺傷力強。鍾流水深諳此道，傘柄為棍往四方打，因為反擊速度太快，四隻猴子竟像是同時中招，嘰嘎嘎叫著往後跌。

黑影籠罩，另外兩隻已經到了頭上，鍾流水回手一甩，傘面倏張的瞬間將牠們給震開了去，但桃花傘面卻被牠們的尖爪給劃破，而猴子們還不停歇，爭先恐後搶了上來，活像鍾流水是顆活色生香的大桃子。

鍾流水見識了牠們手爪的厲害，狂舞桃花傘，急速旋轉的傘面將他周圍護得滴水不漏，而桃花傘面的邊緣更是銳利可比刀刃，劃傷幾隻不知好歹強力進犯的猴子。

但這些猴子靈性甚高，知道不能攖其鋒，改而跳起由空中撲擊，鍾流水忍痛舉傘，傘頂尖錐推撞戳刺，他突然間福至心靈，想起了這些猴子是什麼。

「嘖，原來是申魈，難怪能起霧。」

魈是山裡精怪的總稱。根據物老形變的原則，畜牲久居山中後，就變化為妖怪，獮猴變化來的魑怪稱為申魈，山豬則稱為亥魈，總之是地位低下的精怪，喜歡在夜裡出沒害人，起霧就是牠們最擅長使用的手段之一。

鍾流水忍不住暗罵自己的大意，還兼不小心輕視了猴子一把，臉上就掛彩了。

認出是什麼鬼怪就好對付，傘也不要了鍾流水從耳後摸出桃枝，一等申魈靠近就看準牠們的鬼穴發射。人身上都有十三鬼穴，若是被鬼附身，往十三穴順序施「十三靖鬼針」，能驅鬼阻陰氣；申魈跟人同屬靈長類，穴位大同小異，同樣能以「靖鬼針」來對付，而且收效甚大。

哪隻申魈先來，就找哪隻先開刀。

「一針人中鬼宮停，鬼信刺入三分深，何妖何鬼何為禍，狂猖惡鬼走無蹤！」

別人仙女散花他仙人散刺，第一針刺入猴子鼻下鬼宮穴，猴子吱吱吱亂叫，接下來是鬼信、鬼壘、鬼心、鬼路，直到第十三針鬼風穴。

施鬼針必須一氣呵成，否則讓猴子把針拔掉就沒了效果，鍾流水抓一隻就擰著不放，期間若有其他申魈攻來，便連環踢腿把對方踹遠些，可累壞這位平日最怕麻煩的老大爺了。

等料理完六隻申魈，他整整下了七十八針，不只身上大汗淋漓，鼻裡更聞到濃濃甜甜的鐵香，原來是臉上傷口扯大了，滲出的血沿著臉頰、脖子，繼而將他的藍衣染得斑斑爛爛。

當然，申魈體內的陰氣被阻後也無法動彈了，明眸憂傷地看著鍾流水。

鍾流水血流的多了，頭昏眼花，卻很滿意自己的成果，他東瞧西瞧這些插著針的猴子，心裡想著還是別件事：骷髏頭以為光憑幾隻申魈就能收拾掉他，是不是太小覷人了？

林木殘凋芒草萎謝，山風颯颯，夜晚的乾元山陰氣瀰漫，總不是個好待的地方，還是回家吧，明日再戰。

至於那六隻申魈，散了鬼氣後，罰站。

當鍾流水拖著疲累的身體回到桃花院落時，天早已大亮，遣回打瞌睡的小白後，到姜姜房間裡看，人睡著呢，衣服還是昨天出門的同一套，想來姜姜回到家後倒頭就睡，連澡都懶得洗。

「你這小子大概都忘了上學這件事吧？」

鍾流水也沒吵醒外甥，讓姜姜上學是為了讓他更像個人，學業成績或全勤記錄根本是個毛。

那麼，等將來姜姜出了社會後怎麼辦？

操什麼心？舅舅鍾流水根本就是位萬年不死老妖怪，養姜姜養一千年都可以，就算自己有個萬一，也可以把人丟給張聿修那小子，張聿修遲早會繼承玄奇門，到時替姜姜在門裡弄個雜工職位絕對不成問題。

（睜著惺忪睡眼打起精神到學校上課的好學生張聿修打了個噴嚏，隱約覺得好像有人想硬塞一條流浪狗給他養。）

鍾流水換過濺了血的衣服，拿了一壺酒一杯盞，回到桃花樹下躺椅裡舒服躺著，花舞婆娑，沙沙聲彷彿花朵正呢喃。

他很舒服的睡著了，夢著從前跟小妹在度碩山上歡快過日子，小妹天真無邪，永遠像小鳥跳盪輕盈，笑聲銀波似的溫柔，美好的過往……

倉促的腳步聲靠近桃花院落，有人隔著竹籬笆喊。

「流水、流水啊！又喝醉了？欸欸醒來一下，我有事問問。」

「小玉，去咬吵人的小霆霆，咬死算我的。」鍾流水不耐地翻了個身。

小玉沒動作，那人卻推開竹門進了來，鍾流水雖然意識朦朧，其實還保持著三分警覺，小玉沒咬人，可見那人不是白霆雷，而是個熟人，勉強睜眼了看，又閉回眼睛。

「我醉欲眠卿且去——」

「你別醉、我也不走。流水我問你，小霆霆在你這裡嗎？」鬼事調查組隊長孫召堂一手檔案夾、一手拿面帕擦頭上的汗。

鍾流水揉揉眼睛看日頭，大約也才上午九點左右，孫召堂今天是不上班喔？但重點是，「小霆霆怎麼了？」

「鬼事組昨晚新接了個案子，他一晚上待在局裡的屍體解剖室裡，等法醫連夜進行驗屍的報告，今早他卻不見了。」

鍾流水翻身弄個更舒服的姿勢，還想睡呢，講話都有些口齒不清，「嗯嗯……翹班了吧……」

孫召堂看來卻不這麼想啊。

「值班員警沒有他離開的印象，負責驗屍的法醫則說，昨晚他們完成驗屍程序後，小霆霆還待在那裡想事情，他們是最後見到小霆霆的人。今天早上我手機連絡不到他，卻發現他的機車停在局裡停車場，他住的地方門反鎖，請房東開門了也找不到人，這、這、這——」

「冷落機車可不是他的作風啊，他常說機車就是他老婆……」鍾流水終於發現不對勁之處了。

「對啊，小霆霆雖然毛躁，可從沒翹過班，晚點到辦公室都會用電話通知當主管的我，從沒有這樣無緣無故不見。」

鍾流水翻了個身，懶散說：「警察局最不缺警察，你就利用長官之便，吩咐其他警察出去找人啊。」

「你這個沒良心的人，我小小的心就這樣被你擊碎了，啊、像這樣。」孫召堂做出西子捧心狀。

「別裝了，你是鬼事組的長官耶！」

「就算是長官，也會空虛寂寞覺得冷。」

「服了你……」鍾流水受不了，伸手，「借我三個銅板。」

孫召堂掏出皮夾找了三個十元銅板給他，鍾流水起身坐正屏氣凝神，合銅板於掌中做錢卜，三枚錢幣擲出六次得六爻定本卦，再由本卦求出變卦，如此能變化出四千零九十六種卦式。

「乾卦變解，小鬼纏身之掛。」鍾流水難色重重，「凶掛，卜辭為『鬼魅所舍，誰知臥處』，有鬼魅隱伏其中虎視眈眈，看來笨蛋被鬼物纏上了。」

「鬼!?」孫召堂如釋重負，「鬼就好辦了，你是鬼事調查組顧問，正好讓你大顯身手。」

「老孫，我睡眠不足。」

「要不、你再卜卜小霆霆的去處，我聯絡小綠去救人，順便把屍體帶回來。」

「屍體怎麼了？」

「就是新案子的屍體，可怕的屍體，今早跟著一起失蹤了。」

鍾流水白眼一翻，根據剛才的卦象，白霆雷怕是遇上厲鬼了，難不成昨晚解剖室裡死者還陽？也不是不可能……

不祥的預感起了……

「屍體長什麼樣子？」他終於問。

「匪夷所思啊匪夷所思，也不知道凶手是怎麼處置屍體的，那屍體只剩一層皮，肉啊內臟全被處理的乾乾淨淨，你看看。」

孫召堂從檔案夾裡抽出死者的照片遞過去。

「神婆!?」鍾流水睜大眼睛，臉色難看，「居然是神婆，昨晚怎麼不先通知我？」

「這裡沒電話啊，小霆霆也說你跟他在山上跑一天，一定早累倒了，他說今天早上再來找你，他卻不見了人影。」

鍾流水有些心虛。

「……修仙之人最討厭家電或手機之類的東西，會放射出奇怪的波動，影響修行。」說著他就嘆了口氣，卻還繼續翻閱著孫召堂帶來的其他照片，突然間問：「這什麼？」

「今天早上在解剖室發現的，法醫們說是蛇類蛻下的皮，但沒人知道這東西怎麼出現的。」

鍾流水盯著照片裡一小片半透明皮膜，邊緣不整齊，被人強力撕扯過，上頭每一片鱗都是分開的，而非緊密覆蓋排列，是蛇蛻，沒錯。

「神婆不見了，現場卻留下蛇蛻……」他喃喃自語，「看來還是得找到金絲才行。」

「你要幫忙找小霆霆了嗎？」孫召堂感激涕零啊。

「我去叫醒姜姜，讓他收拾書包跟換洗衣物。老孫你開車來的吧？白天幫我照顧姜姜，晚上我若沒回來，你再送他上章魚那裡去住。」

（遠方張聿修又打了個噴嚏，渾身毛在抖。）

有人跑腿辦案，孫召堂只要在警局裡翹腿等結果，當然樂意得很，「沒問題，姜姜啊，我當他是自己的兒子。」

姜姜一聽舅舅說晚上要自己去張聿修家住，也樂了，樂得不是跟同學交流功課，而是又可以用「威霸傲天下」這個號組隊去遊戲裡下副本殺怪了嘛，嘻嘻嘻，殺一整夜都逮糾卜的啦！

孫召堂領著姜姜離開前，鍾流水要姜姜順便把土地公廟站崗的阿七請過來。

「土地廟有人站崗？」孫召堂說：「我從沒看過。」

姜姜搶著說：「孫叔叔你看不到啦，我來叫。」

孫召堂一下明白了，也就沒多問，不過看著姜姜站在土地公廟前大呼小叫時，忍不住還是有點顫抖。

「阿七叔叔，我舅舅請你過去唷。」聽姜姜的語氣，他對這人很客氣。

土地廟前驀然颳起大風，風停，孫召堂眼一花，眼前就出現了一位青年，那青年眼神深沉，顧盼間威猛肅殺，說真的，要不是他外表穿的像是個建築工人，頭上戴黃色工安帽，手裡拿了柄十字鎬，嘴巴上還叼了根菸，孫召堂都以為是哪朝將軍穿越來了。

阿七對孫召堂點點頭，對於常出入桃花院落的份子他當然知之甚詳，而聽到鍾流水找他，立刻大步走入群青巷內。

孫召堂從一看見人就憋著氣，這時終於吐出來，問：「我經過這裡有幾百次了，怎麼不知道土地廟裡藏著隻鬼？」

「阿七叔叔不是鬼，是土地公。」姜姜解釋。

捌．
隊長總是寂寞，串魈不請自來

「好帥的土地公，那有沒有土地婆？」警務人員的八卦之心啟動。

「舅舅說阿七叔叔是被趕出來的，說不定他有個凶老婆。」姜姜也跟著八卦，「土地廟香火油水不多，很難養老婆吧？」

兩人同時朝土地廟裡寒酸的供桌上瞧，答案顯而易見。

阿七叼著菸緩步走入桃花院落，問正在樹下倒拿掃帚柄在地上畫圖案的人：「鍾先生有何貴幹？」

「阿七，見過這東西沒？」鍾流水指著地下他剛完成的畫作。

「……陽城罐，很大的陽城罐。」

「這麼大一個陽城罐，而且是玉磨的……你登仙之前也是修道中人，知道這樣的陽城罐可以煉何種丹？」

阿七凝重的想了想，最後說：「這是專門煉製太陽復紫丹的煉釜，配合特殊咒法煉製，一般人服用後能脫胎換骨，修道人服用則能增加五百年道行，但此法傷天害理，天庭早就下令禁止三界煉製此丹了。」

「怎麼煉？」鍾流水問，這很重要。

「煉法失傳。就算有人知道，也都嚴格保密，以免被天庭追查。」阿七謹慎地說。

「……看你的臉就能猜出你知道煉法。」

「都說失傳了。」

「快說。」

「……」阿七投降，「用陽年陽月陽日陽時出生的男子一人，置於下層的圓腹爐，擇午時，以三昧真火摧燒，藉著玉石封禁魂魄的特性，將男子的怨念與魂魄吸入，肉體則昇華出至陽晶露，結晶於蓋口的鐵燈盞上，就是太陽復紫丹。」

愈聽臉色愈難看，鍾流水倏地說：「用星軺送我上乾元山。」

阿七愣住，問：「現在？」

「小霆霆要被抓去煉丹了，我去英雄救美。」

「我很忙。」

「好，等你抽完這根菸。」

「……」阿七心聲：鍾先生你可以再更厚臉皮一點。

捌．隊長總是寂寞，申魈不請自來

「抽完了，走吧。」

阿七隨手把菸屁股丟給小玉玩，搖頭，「我個小小土地，又是待罪之身，隨意動用星君的使車出行，傳上天庭不好聽。」

「上頭人連你出門灑泡尿還管了?快!把你家星軺叫出來，要不我跟天庭告密，說你洩漏太陽復紫丹的製法。」

阿七的顏面神經微微抽動，眼前這人根本不是神仙，是痞子。

他將手中十字鎬往地下一敲，掐訣唸咒，「顛倒乾坤，變易日月，蒼穹黃泉，殺貪破陣，七殺星君律令攝!」

咒畢，阿七身上散發瑞氣祥光，光芒罩上整個院落，本來縮在角落啄蟲子的雞小玉都咯咯咯叫起來，仰頭看怎麼回事。

很快祥光散去，阿七手中的十字鎬不見了，一頭全身披黑色麟甲、長有雙翼的怪獸出現，踢腿搖尾好不興奮。

「星軺很高興哪。」鍾流水略帶責備，「就算是養狗，每天也得帶著散步奔跑，更何況牠這樣的神獸。瞧，我家小玉就採用任性放養制度，健康又活潑。」

「……」阿七心聲：鍾先生你根本是放小玉自生自滅吧。

嘆口氣，阿七跨上星軺坐好，鍾流水跟著飛上牠背後坐好，星軺這東西做為載運的工具，體形大，負載兩個人完全沒問題。

「我走了，小玉，別等我吃晚飯。」

鍾流水交代完，阿七拍拍星軺脖子，牠竄上屋簷舉翼高飛，不愧是神獸，輕鬆拍翅就是鳶飛轉高，龍昇階雲。

疾飛過市區，中途還遇上出來巡街的黑白無常呢，小白仰頭喊了句上哪裡去啊將軍跟土地爺大人？鍾流水匆匆回答說：替鬼事組隊長打小三去了，因為小三拐帶了他的唯二員工之一。

小白聽懂了，小黑不太懂，小白只好負責教育同袍，順便解釋一下「犀利人妻」的劇情。

這邊小白說完，那邊神獸已經飛過了明雲村，鍾流水想了一會，繼續直奔山上，讓阿七把他放在蛇妖的棲居地「千山急雨居」附近，才讓星軺飛回去。

寒水煙波陣之前已被破解掉，進入「千山急雨居」全不費工夫，但裡頭沒人，沒蛇，沒鬼。

連原來的陽城罐都不見了。

午時將至。

鬼事顧問、零貳。髑髏夜走。

【第玖章】神棍英雄救美，罄玃先聲奪人。

白霆雷發生了什麼事？

就在鍾流水追骷髏頭未果、悶氣回家睡覺時，白霆雷醒來了，覺得腰痛、覺得身體像被大卡車輾過一樣、覺得全身骨頭都散了、覺得屁股快裂開了、覺得冷。

身下明顯是硬地，頭上籠罩一片霧氣，四周闃無人聲，他為什麼會在這裡？

頭快痛死的他開始回想睡覺前的情景，必須釐清自己為什麼會躺在一個狗不拉屎鳥不生蛋的鬼地方。

記得他原本待在解剖室外，聽裡頭兩個法醫在那裡大呼嘖嘖，原因無他，只剩一層皮的屍體太詭異了，擁有超高操刀手藝的變態凶手才會特意幹出這成品，更別說這屍皮保存完整，沒任何裂口，到底怎麼處理那些內臟血肉，成了法醫及鑑識專家極欲釐清的難題。

法醫剛忙完了程序，正要將屍皮置於冰櫃之中，白霆雷這時卻聽見輕呼。

「動了……她動了……你看見沒？」法醫之一抖著聲說。

「你累壞了，快點把她放到冰櫃裡，我們回去休息……阿彌陀佛，人死為安，請妳安心成佛，警察會早日抓到殺妳的凶手。」法醫之二膽子較大，開始唸佛了。

白霆雷直等到深夜，也沒從兩法醫口中得到建設性的答案，諸如神婆怎麼死的、致命傷在哪裡、是否採集到了不屬於她的DNA、或是其他的相關物證。

也有可能凶手是神出鬼沒的骷髏頭，但骷髏頭為什麼殺她？兩者之間不是應該有關連嗎？骷髏頭殺了她之後又棄恐怖的屍皮於警局前，難道是要給鬼事組一個下馬威、讓鬼事組別再招惹他？

謎團接著一個謎團，想不透。

法醫走了之後，白霆雷也打算跟著離開，突然間，咚！

白霆雷嚇了一跳，什麼聲音？

咚、咚！

真的有聲音，悶悶的，像有誰隔著牆在敲打，弄得白霆雷心裡毛，這裡什麼地方？解剖室，多少死於非命的屍體在這解剖台上被劃過，更別說一旁的冰櫃還躺著幾具屍體——

咚、咚、咚！

白霆雷仔細聽，這回聽出來了，聲音竟然是冰櫃裡傳來的，而且就是放著神婆屍體的那處冰櫃。

不會吧……

白霆雷下意識地吞了吞口水，正想要過去打開冰櫃看個仔細，才剛走一步，冰櫃就自動被拉開了。

光溜溜的老皮飛出來，像一隻巨大壁虎黏上屋頂，滿是皺紋的臉從上俯視，陰森恐怖。

「神婆!?」他叫了出來。

神婆從天花板上掉下來，空中翻了個身，正面朝下以迅雷不及掩耳的速度，像一件外套直接裹纏上警察，薄薄屍皮臭味熏人。

撇開被光溜溜人皮包住的噁心感不說，屍體死而復活更讓白霆雷驚駭到極點。

但自保本能讓白霆雷拚力掙扎，拉扯間，神婆的屍皮被扯下了一小塊，落到解剖室的地面上，屍皮卻還是愈纏愈緊，那力道直接壓縮心臟，影響到需要大量被供血的腦袋、心肌以及重要器官，若是繼續這樣下去，白霆雷很快就會死亡。

他昏迷了。

直到現在才甦醒，孤伶伶躺著。

右側吹來的風奇冷無比，好像一旁擺著個敞開的大冰庫，白霆雷慢慢挪動脖子要看清楚這冰庫長什麼樣子，大概只轉了十五度角他就悲催了，這裡不就是地陰水眼嗎？

玖・神棍英雄救美，鑿獯先聲奪人

「姓白的傢伙醒了！」

傳來詭祕的男聲，白霆雷迷迷糊糊想，他聽過同樣的聲音。

上頭的黑霧愈來愈濃密，水眼裡的水咕咕滾滾，白霆雷曾經歷過地陰水眼的可怖，知道要遭了，偏偏他現在動彈不得，只好睜大眼睛看水眼的變化。

池水逆時鐘旋轉起來，漏斗水洞將上頭的黑霧全給吸盡了，一顆熟悉的骷髏頭飛了過來，那骷髏頭像是被火給燒過，好幾處黑黑髒髒的，但是空洞的眼窩裡卻射出懾人的青光。

飛到白霆雷上方，他桀桀冷笑，「……又見面了，警察先生……」

「張逡！？」白霆雷渾身打了個冷顫，「你真的沒死！」

骷髏頭下降，與白霆雷離不到十公分的距離，「……人活在世上，就為了拼一口氣……我願意付出任何代價活回來，等著親手了結他與你的這天到來。」

明明是這傢伙先去害人，神棍跟自己才會找上他，白霆雷很不齒這種睚眥必報的人，寧他負天下人，不許天下人負他，把自己的一切行為合理化，根本就是個大變態。

不過……

「喂，你為什麼要抓我？要殺就殺，老子不怕你！」

「成全你，警察先生。」

地陰水眼發出了澎湃水聲，白霆雷立刻後悔自己把話給說死了，按照警校裡學過的談判技巧，針對挾持人質的歹徒，他起碼該先判斷對方的心理狀態，勸說對方提起自尊心，主動投案什麼的，結果現在……

大量冰水嘩啦啦捲落下來，白霆雷被捲到水眼裡，凍到心臟疼，手忙腳亂好不容易從水中浮出頭來，趕緊吸上那麼一大口氧氣。

然後他看見神婆站在地陰水眼旁邊，同樣是一層屍皮，但這層皮穿回了灰色罩袍，頭部則像是灌滿空氣的皮球一般，有了立體感。

吐出口裡的水，白霆雷顫顫地問她，「妳到底……死了……還是活著？」

神婆嘴巴沒有任何動作，卻突然也跳到水眼中，硬把他給壓到水底，他怎樣都無法掙脫神婆的手腳，也無法逃出密閉的水牢。

難道真的就這麼死在這裡、這個時候……他還年輕……他不該死……

驚恐籠罩全身，伴隨著肌肉疼痛，缺氧的症狀之一出現了。

他想順著本能欲望來大口吸取空氣，卻又忍著，瞪視著身旁漂浮著的老女人，而老女人卻又

玖．
神棍英雄救美，鑿獲先聲奪人

變成了屍皮，扁扁的，像壓過的紙，在水裡載浮載沉。

到底怎麼回事？白霆雷不懂，卻看見過世已久的祖父、祖母、外公、外婆對他招著手……看來大限已至，那麼，他做鬼也不會放過神婆及骷髏頭……

無力的仰臥於水下，水上的霧氣早已散去，隔著水鏡，他看見星星閃亮於天空。

縱使能閉氣的時間再長，總有到極限的時候，當自主意識控制不了身體，肺部就會強制性排出廢氣，然後吸入大量的水，灌痛胸腔。

星空再度被黑暗遮蔽，他的眼失去作用，然後——

溺斃了。

骷髏頭親眼看著白霆雷溺斃於地陰水裡，夜正深，冷風陰風交織刺骨。

旁邊又一個人走了過來，披著跟神婆一樣的灰色罩袍。

見白霆雷雙眼大睜滿臉憤恨死不瞑目，骷髏頭滿腹疑問，「把姓白的弄死了，怎麼煉太陽復紫丹？」

「誰說他死了？」

「他是凡體，在水裡待久必定會淹死。」

「他沒死。地陰水眼是大地豢養鬼魅的羊水，生物入這水還是能呼吸，不過吸的卻是陰氣，人身為陽，當陽氣被陰氣浸染替換，就成為千年不爛的活屍。」

「但這樣他就成為了鬼，對煉丹有影響吧？」

「他是四陽鼎聚之體，陽氣熾烈，能抗衡水眼裡的陰氣，泡個幾天沒什麼大不了。」

「既然如此，很好，妳答應過要給的『偷身鬼代』祕法……」

她衡量了一下，白霆雷已然抓到，是該給骷髏頭一些甜頭吃了，雖然懷疑骷髏頭也對池裡四陽鼎聚的肉體有興趣，但使用「偷身鬼代」，施法者的功力也必須精通鬼轉人、人轉鬼的法門，骷髏頭平日對她唯唯諾諾，看來生前也不過是個小法師而已，沒那個本事行高等邪法。

「好，我先傳授你口訣，等找到了適當的肉體，我會從旁協助，萬無一失。對了，那個可惡的道士……」她交代，「明日正午是煉丹最佳時辰，我就怕他會在那期間來壞事，你有什麼好辦法？」

「山中申魈都是妳的下屬，再利用牠們做些防衛措施？」

「申魈不是他的對手，必須對其中幾隻動手腳，成為更厲害的使僕才行。」

玖．
神棍英雄救美，罄玃先聲奪人

「罄玃如何？」

「讓申魈成為罄玃，需要付出極大的靈力……」她慎重考量了一下，「也罷，反正等太陽復紫丹煉到手，修為就能上至更高階級，目前犧牲一些無妨。」

「……對了。」骷髏頭提醒，「妳不是曾經在古戰場上撿到過一把大砍刀？那刀煞氣高，是『血刃』吧？」

她的確有把暗沉的大砍刀，那種砍刀又叫做鬼頭刀，刀柄直刀口平，通常是步兵專用的刀，這刀雖然鏽跡斑斑，鋼質卻好，隱隱透露不祥之色，說來，在古戰場上撿到砍刀並不稀奇，但骷髏頭卻知道那是寶。

「血刃？你指放在廟後的那把？」

「武器是煞物，殺過人的武器沾了血後又稱為『血刃』，被殺者怨氣愈高，沾的血愈多，武器的煞氣就愈強，若是殺過高級鬼神更好，那就是天下名器。」

骷髏頭突然想起鍾流水那把桃木劍，該劍雖溢滿桃木清香，卻有種令人不寒而慄的殺意，一定也曾經殺過哪位鬼神。

「把刀磨一磨，起碼能抵擋小道士的桃木劍一陣子。」骷髏頭建議。

她回去取刀磨利，接著搬運煉丹爐鼎至乾元山至陽之處的地陽火眼，那是一處冒著地熱的小山坑，硫磺及火焰終日不停噴出，集陽、熱於一身，效果可媲美三昧真火，是最佳的煉丹處。

萬事具備只欠東風了，她知道自己時日無多，再加上有鍾流水這麼個變數存在，丹藥愈早煉製完愈好。

鍾流水趕到地陰水眼處時正好近午時，池水依然滾滾湯湯，他正想摸到池邊去看，三團籃球般大的燐火分從三方襲來。

他騰空後滾翻避過，再看，燐火消失無蹤，細碎腳步聲再響，他回身備戰，原來又是三隻申魈。

「沒完沒了啊你們，都說了我不負責供應桃子給你們，往別地方去。」

鍾流水煩死這些乾元山上的原居民了，他記得昨晚才收拾掉六隻，現在又多了三隻，乾元山到底是有多陰啊？

再度持細桃枝要依樣畫葫蘆，下個十三靖鬼針。趁其中一隻撲來時，他快速掐住對方脖子，舉針刺鼻下鬼宮穴。

玖・神棍英雄救美，鬈玃先聲奪人

「一針人中鬼宮停……」

申魑鼻下中針後立刻四肢齊往敵人胸口推擋，鍾流水沒料到牠中針之後居然還能攻擊，意外中招往後跌了出去，跌出去的力道大了，喉頭一甜就吐出一口血，另外兩隻見機又衝上來，鍾流水連抹掉嘴角的血都沒時間，匆促擋格，要追上第一隻申魑繼續施針。

「鬼信刺入三分深……」

鍾流水下第二針時發現這隻申魑眼神怪異呆滯，脖子上有一圈紅痕，還沒想出什麼，又被申魑給抓了一把，三隻畜牲配合的天衣無縫，一隻把人打了出去，另兩隻又分從兩旁攻擊，弄得鍾流水是左支右絀，身上傷口不斷增加，十三靖鬼針也失去效用，這三隻肯定不是普通的申魑利爪不斷削來，要是中招，別說救人，自己能否全身而退都是個問題，鍾流水邊後悔邊過招，都怪自己太托大，沒纏著阿七幫忙打鬼，現在嚐到苦果了。

鍾流水又瞄到了申魑脖子那道紅痕，總覺得怪怪的，反正其中一定有貓膩，早解決早好。

「哼，嚐嚐我家鞭子的厲害！」

一條小火龍驀地纏上他的手臂，霹啪一響徹雲霄，火龍已經成了條青綠色的繩索握於鍾流水掌中。

這繩索可不是普通的繩索，而是蘆葦搓成，葦索有制鬼妖之能，古代大巫專拿來擒凶縛魅，到得後來，家家戶戶甚至在過年時於門口懸掛葦索來避惡靈侵入，對此物制凶的效果早已瞭然。

鍾流水掄了一圈蘆葦後撥鞭往外，打頭陣的申魈胸肩處被繩索裂開一道長長的口子，湧出黑色的黏稠液體。

鍾流水又迴索往另一隻打，打得人家皮開肉綻，但這些申魈根本就像注射了麻醉劑，牠們對任何傷口都不痛不癢，拼了命的要追打鍾流水。

打架時有時候比得並非誰的武藝高，而是誰最不怕痛不怕死，不怕的人氣勢如虹勢如破竹，那時候一都能擋百的，如今這幾隻申魈就是這樣。

鍾流水氣得右手揮葦索，左手撩亂舞，喊：「花雨漫天！」

桃花花瓣由鍾流水身下翩翩飛起後蓋滿天空，粉紅色甜甜氣氛罩滿天地，桃花隨著氣旋急速往下，蓋滿三隻申魈的身體，這些花朵好看好用，就聽霹霹啪啪響，一朵花是一朵砲，過年氣氛全帶起來了，申魈身上的毛炸到焦了，牠們卻還是無動於衷。

鍾流水冷靜下來，申魈很不申魈啊……

牠看準了其中一隻申魈，往人家頭上鞭纏幾圈後回拉。

「落！」

申魈首身分離，頭顱被反甩往鍾流水的背後，猴身脖子處那斷口整齊的像是被刀砍的，完全不像被繩索給扯斷的，鍾流水手上動作不停，跳躍騰挪，申魈快他就比牠們更快，左手一鞭打爆第二隻魈頭，反手甩鞭第三隻照章處理，無頭申魈卻是屹立不倒，手爪還凶惡的朝他抓來。

鍾流水不避不讓直接近身，啪啪啪猛抽。

「都沒頭了還搞個屁？以為刑天在世，要以乳做眼以肚臍當口？呸、差多了好不好！你們哪根蔥？哪裡睡覺滾回哪裡去……」

手起鞭落，申魈們血跡斑斑倒下。

鍾流水自己流的血也不比牠們少，卻是相當解氣，踏過牠們要往地陰水眼去，腳踝處卻被個什麼給拽住了，讓他往前一摔，即將跟地面親吻之前手快撐住，沒跌個狗吃屎，抓他腳的竟然是其中一隻申魈，頑強的心性讓牠對鍾流水鍥而不捨。

鍾流水也顧不得姿勢難看了，甩鞭打獸肢，沒想這申魈沒了頭卻更為勇武，死抓著人腳不放，另外兩隻申魈則匍匐爬來，牠們的脖子處冒出了燐火，燐火裡鬼面猙獰，全是凶煞的戰士。

鍾流水踢了幾下都踢不開腳下的那隻，左右兩隻又已經欺近，見到鬼戰士，憤憤罵：「原來是『罄玃』！」

「罄」是器物中空貌，「玃」是魔化的猴類，古代一些道士在殺了申魈之後，就把煉製的煞魂灌入屍體裡，煞魂配上精怪的身體強悍無比，成為替道士做壞事的傀儡。

鍾流水大意了，他昨晚才制服過來幾隻申魈，如今看見又來，照著先前的思路，覺得很容易就能應付，卻沒想到這三隻申魈已然被加工過，成為了「罄玃」。

罄玃在某種意義上跟殭屍差不多，但因為罄玃體內的魂魄是用外力強硬植入的，會發生容器排斥的狀況，所以道士會往寄生體裡塞一張定靈符，讓魂魄安定進駐，所以若要對付罄玃，最快的方式就是找出定靈符，釋放魂魄，這樣罄玃就會回復成空殼子。

問題是，定靈符在哪裡？

鍾流水速開天眼，發現罄玃頭上的那團燐火下有異樣，他立刻伸手往燐火中的鬼面一抹，鬼面的陰煞極重，就聽滋滋聲響，他手就像是一塊燒熱的黑炭丟入了冰水之中，連煙都冒出來。

鍾流水顧不得痛，迅速抹出一張定靈符。燒了符後，燐火熄滅，一抹黑影立刻由斷頸中飛出，嚎啕尖嘯不絕於耳，黑影竄回了地面，而這隻罄玃也像洩了氣的皮球跌回地面去。

正要依法炮製剩下的兩隻，卻看見地陰水眼有變化，池上的黑霧被吸入池水之中，鍾流水又

玖・
神棍英雄救美，罄玃先聲奪人

舞起一片花海，暫時擋著罄玃們，他幾步跳到水眼旁，水眼裡的水有些混濁，卻隱隱約約看到個人。

白霆雷在裡頭。

在水裡頭，人卻是死了，死狀很奇怪，像胎兒縮腿蜷身子於母體裡一樣，嘴巴還咬著自己拇指，在他身旁似乎還有個誰……

一位老女人？正是神婆？不、該說是神婆的皮。

鍾流水一下子就慘然起來。白霆雷死了，真的？

這笨蛋不是短命相啊……不過就疏忽一個晚上，人就被害死了，要等輪迴長大，還得十八年……

他眼前有點黑，不知是身體持續失血、或是數千年前的悲痛又重新輪來一遍，白霆雷這小子命運悲催自不待言，但更悲催的卻是在一旁看時光流逝的人。

他曾經親眼見過自家坐騎死亡的過程，也親手埋葬過手足的殘骸，或者將來的……姜姜……

也就這麼恍神的一剎那，剩下兩隻罄玃已經追來抓住他兩手往外拉，像拔河一樣。

正自悲痛的人哪有心思理會這些畜牲?勃然大喝。

「笨猴子放手!」

扯著兩隻罄玃往胸前撞,撞得牠們是怪叫連連,卻依然緊抱住敵人不放,就在這時鍾流水驚覺身後寒氣逼人,他立刻要閃,但兩手被箝制,讓他只能往旁挪移一步,接著右手臂處傳來劇痛。

伴著鍾流水痛極的悶哼聲,一隻罄玃抓著他血淋淋的斷臂往後跌躺。

然後,鍾流水白著臉往後望,到底是誰偷襲了他,還砍掉一隻手臂?

就見金絲手裡抓著一把磨得亮晃晃的大砍刀,刀上滴著血,臉上閃著得意的笑。

鬼事顧問、零貳。髑髏夜走。

【第拾章】偷身要找鬼代，警察不敵強吻。

當鍾流水與罄玃相鬥時，金絲就躲在旁邊虎視眈眈，卻找不到適當的時機下手，直到鍾流水以為白霆雷死了，她趁對方恍神舉血刃相砍，雖然沒將鍾流水砍死，卻也斷了他的手臂。

金絲抓緊血刃開心，她知道鍾流水是仙人，非得用這血刃才能把他砍得如此犀利。

「臭道士，這就是你與我為敵的下場！」她說。

鍾流水空了一截的手臂上汩汩噴出鮮血，他連站著都沒力氣了，慢慢軟倒於地上，罄玃將他制得死死的，他的表情卻很平靜。

「果然是妳啊……千年來殺了無數人的……」

金絲的表情一下子猙獰起來，豎瞳成型，她嘶嘶問：「……怎麼知道的？」

「蛇會蛻皮……修仙的蛇妖也會……蛇蛻皮前……個性暴躁……山下每百年經歷一場蛇殺……跟妳的蛻皮周期……吻合……那些人會猝死……全因為……妳吸光了陽氣……」

鍾流水勉強說了他的結論。

「你應該將矛頭都指往神婆才對。」

鍾流水看著斷臂處不停流失著血液，軟弱笑了一笑，「……笨蛋……看到……一百年前的神婆……跟現在的神婆……同一個模子印出來……」

「我不懂。」

「妳懂……神婆就是妳的龍衣……是妳蛻下的……完整蛇皮……跟妳精氣相連，妳操縱她……比操縱傀儡容易，有她當幌子，就能……鼓吹蓋山神廟……獲得村民供奉……」

金絲恨恨地望著他，卻也暗自心驚，這人居然輕鬆就猜出她的行徑。

「妳一直趁機想……害死我……帶我們到水眼這裡，讓神婆偷襲……又派髑髗跟蹤……昨晚百骨魔、申魈……為了把我引開市區，讓潛入警局的神婆……抓走他……煉丹，對……煉人丹……」

「怎麼知道我要煉人丹？」對這一點，金絲更是詫異。

「玉石陽城罐……本就是為了煉太陽復紫丹……以為只有妳……懂得煉人丹？」鍾流水訕笑了起來，輕視之意濃厚。

金絲當下決定要滅了鍾流水這個禍害，他知道的太多了，若是被逃脫，遲早將自己傷天害理的行為上報天庭，以她一個小小蛇妖，可對抗不了訓練精良的天兵天將。

這時池子中又有東西浮了上來，正是骷髏頭與白霆雷，金絲驅策一隻謦玃去把白霆雷抱上池邊平放，骷髏頭則飛到了鍾流水身邊，咯咯咯尖笑。

「你也有今天，鍾流水，呵呵、從前不知道你的身分，大意了……就算你是桃仙、是那位啖鬼的鍾……又如何呢……」

「……張逡……禍害總是留千年……」

金絲聽出不對勁之處，轉而問骷髏頭，「你早就認識道士了？」

骷髏頭一時得意，忘了隱瞞這事，既然被揭穿了，也就大方承認，「我會淪落如此，全拜他所賜，我對他的恨意不會比妳低。」

金絲衡量眼前形勢，事情還是早解決早好，於是說：「我們把道士給殺了，帶警察到地陽水眼處煉丹。」

鍾流水暗裡高興了一把，如果金絲需要白霆雷來煉丹，就表示白霆雷還活著，因為死屍煉不出陽氣……

是了，地陰水眼是養屍養鬼之地，活人在裡頭不會死亡，頂多像是酒醃梅子一樣，讓陰氣慢慢入味……不，是入體而已。

剛剛太過悲慟了，居然忘了這麼重要的一點，害他白傷心了一場。

像打了強心針，鍾流水突然間有了力氣，大喊：「小霆霆……你快他喵的給我醒來！」

拾・
偷身要找鬼代，警察不敵強吻

骷髏頭提醒金絲，「鍾流水雖然斷了一臂，但他古怪法門多，妳現在就去殺了他，就算殺不了，也想辦法絆住他。」

金絲再度抓起大砍刀就往鍾流水的脖子上砍，鍾流水手上拖著隻罄玃，死活帶著一起往旁翻滾，大砍刀斫上石子地面發出火花。

金絲一招沒得手，舉刀又來，突然間暗紅色影子閃過眼前，有東西咬上了她脖子，力氣由咬口處奔洪洩出。

「居然砍奴家最親親愛愛的主人！奴家要吸光妳的血！」

是見諸魅，她平日非鍾流水叫喚不出現，但鍾流水被傷成這樣，她氣了，趁金絲不注意就來個偷襲。

見諸魅的母系血親可上溯至羅馬尼亞王室貴族，吸血是技能，一出手攻擊自然就朝金絲那美美的脖子去。

金絲又驚又怒，用手要去抓下那東西，暗紅影子改而飛往她頭上啄啄啄，啄得苦大仇深氣勢雄，怨氣沖天賽山洪。

金絲暫時放下鍾流水，大砍刀猛往頭上揮，非得把見諸魅給砍死不可！

因為見諸魅這一插手，鍾流水可終於緩了一緩，這時候境況卻又陡變，另一隻空閒在旁的罄玃突然間奔來抱住金絲不放。

金絲忙喊，「放開！」

罄玃愈抱愈緊，金絲掙脫不開，忙仰頭問骷髏頭，「這畜牲怎麼了？」

「……我在定靈符上動了些手腳，罄玃其實聽我的命令行事。」骷髏頭說。

「那就命令牠放開我！」

「可不行，我得趕緊施行『偷身鬼代』。妳知道我缺了個好身體，要是不搶走警察，很快他就成了妳身體裡的丹藥。」

「你你你、你吃裡扒外！」

「別以為我不知道妳當初救我的原因。妳明明能夠親自吸取活人陽氣，卻裝作處於蛻皮前的軟弱期而假手於我，不過就是想要拿我當替死鬼，讓巡邏的四值功曹以為我才是作惡的人，讓我承擔天雷之劫，妳卻坐享成果……」

金絲的臉一陣青一陣白，再一次被人說中她的籌謀。

張逡繼續說：「……不過嘛，我很感激妳替我牽制住姓鍾的，又傳授我『偷身鬼代』，衝著這點，我會讓妳好死些。」

金絲大聲嘶吼，「『偷身鬼代』需要對方的生辰八字，還有具備鬼轉人、人轉鬼的能力，你是白做工！」

張浚呵呵笑起來，「真巧，我剛好知道警察的生辰，而我經過鬼朴術的轉換，是人、也是鬼……真真正正的鬼……」

金絲沒料到言聽計從的僕人居然扮豬吃老虎，反將自己一軍，憤恨不已，想要立刻變回蛇身，但遭到罄玃抓了大砍刀抵在自己喉嚨，她才稍稍形變，脹大的蛇體立刻吃進刀刃。

血刃能傷鍾流水，自然也能傷了千年妖蛇，她不得已變回人形，喉頭處卻有了個不淺的傷口，血流不止，終日打雁，最後還被雁給啄了眼睛。

張浚的髑髗就飄在白霆雷面上，鍾流水知道事態緊急，立刻喊蝙蝠。

「見諸魅……叫醒……他……」

見諸魅得令，左飛右竄要飛到白霆雷身邊，但張浚居然往見諸魅用力一撞，見諸魅躲避不及，皮膜翅膀硬生生折斷，她嬌呼嚶嚀，歪歪斜斜跌到地上去了。

這下鍾流水是真的蛋疼了，眼睜睜看著張浚唸畢七遍鬼代咒，等著將白霆雷的魂魄抽出來。

「黑黑混沌，元黃氤氳，汝者身代，汝者身從……」

可能是混身濕淋淋的緣故，白霆雷打了個噴嚏，緩緩睜開了眼睛，發現前頭一張骷顱臉，立刻又閉上眼睛，他覺得自己肯定還在做夢，是個惡夢，要不怎麼眼前會有個怪東西？

「小霆霆……骷髏頭要親你了……」鍾流水猛然提氣大喊。

也不知道是不是對「親」這個字起了反應，白霆雷睜眼大喊：「靠！老子沒興趣跟骨頭接吻！」

難怪他這麼喊，因為張逡的骷髏頭實在靠得太近了，白霆雷當下的反應就是要把那骨頭給一拳打飛，身體卻使不上力，嚇得他驚叫：「神棍你在哪裡？把這鬼收了！」

我比你更慘好不好……笨蛋警察……鍾流水剛剛那一呼喝，可真的耗盡力氣了，恍惚就要昏死過去。

張逡這時唸完了鬼代咒，又陰又冷的濁氣從他白森森的牙骨中噴出，全吐到了白霆雷臉上。

這下子白霆雷終於清醒了些，顫顫問：「你、你想幹什麼？」

「我要你……」

骷髏頭對自己的愛到底有多深沉？白霆雷幾乎就要流下滾滾男兒淚了，他無福消受這森森的

拾．
偷身要找鬼代，警察不敵強吻

愛啊～～

「神棍、神棍……不不不、鍾顧問、鍾大師、你到底怎麼了？我、我請你喝酒、我幫你打掃屋子、什麼我都答應你，你快把這禍害收了！」

此時此刻就算鍾流水要他簽賣身條約，他也都會答應，可惜鍾流水卻什麼也沒回答，他像是暈死了過去。

白霆雷看著愈來愈近的骷髏頭，看得太過專注，眼睛都幾乎擠成了鬥雞眼，想盡了辦法想要挪動手指頭腳指頭，全身卻軟癱成棉，比初生嬰兒還廢。

「別過來……靠、警告你……別過來……我、我是警察、我有皮膚病、我有香港腳、我還有口臭……」

他吵由他吵，清風拂山崗，骷髏頭定力十足，空洞的骷顱骨裡發出呼嚕嚕的吸氣聲，就著白霆雷的口與鼻用力嗅吸，就像是要將他的生命力都給吸出來。

白霆雷覺得肚子裡起了一團熱氣，這熱氣像是一顆球，球裡坐著嬰兒模樣的自己，小嬰兒的他扯開球出來，彷彿剛自母體出生，輕飄飄的往上經過腹部、胸部、腦袋，卻又被堵在頭部裡，難受到要死，但是張逡的吸氣緩解了那難受，他從自己的口鼻抽離了出來，接著上飄——

意識平靜安詳，他舒服的俯瞰，看見自己的身體躺在地下，雙眼無神，而張逡的骷髏頭不再發出呼嚕呼嚕的吸氣聲，頭骨泛出閃閃燐光，還繼續行著某樣法術。

……

他不淡定了，此刻他經歷的情境耳熟能詳，難道……

瀕死體驗？

歐買尬他死了！？

他無法相信自己死了，慌張的轉移視角，卻看見一隻紅色的小東西在地上嬌喘連連，認出那是見諸魅；金絲被沒有頭的猴子給抱住，死命掙扎也掙扎不開；再看，熟悉的藍衫頹倒在地上。

這下他更不平靜了，神棍少了一隻手，斷臂上還汩汩冒著血，一隻缺了頭的猴子緊抓著神棍不放，情況詭異至極。

此刻的他除了駭然，還是駭然，盯著地下自己的肉體，想做任何事、卻任何事也做不了；骷髏頭的樣子更奇怪，裸露在外的牙根緊貼著白霆雷白蒼蒼的嘴，綿長吐氣，正要進行所謂的口對口人工呼吸。

白霆雷還以為看錯了，盯著瞧，一秒鐘二秒鐘三秒鐘，懵了，靠！真的是口對口人工呼吸。

拾・偷身要找鬼代，警察不敵強吻

草泥馬，這傢伙居然有戀屍癖！

史上空前絕代無敵大悲憤！他白霆雷死都死了，居然還得目睹這鬼骷顱輕薄自己屍身，何等的悲劇！

他正要仰天長嘆壯懷激烈，卻看見自己肉身動了動，接著張開了眼睛，白霆雷詫異了，難道自己還沒死？但、他的意識都飛啊飛啊雅咩蝶了，肉體怎麼還能夠眨眼？

最詫異的人其實是骷髏頭張逡，明明已經將白霆雷的魂魄給吸了出來，成了名符其實的空殼子，而他才剛將自己的靈體置入一成，按理說白霆雷的身體應該不會動才對，怎麼……

難道魂魄沒清乾淨？

當張逡正要加緊動作，下頭的白霆雷居然笑了一笑。

「唉、跟髑髗親嘴的滋味比想像中還糟呢……」

張逡腦中電光石火一閃，知道了些什麼，但想退已經來不及了，白霆雷咬破舌尖先噴了一口血陽真涎過去。

血陽真涎本就具有一定的剋陰效果，經由四陽鼎聚的肉體行來，效果不比三昧真火差，當混著血液的唾沫星子沾上張逡的頭骨表面時，那是熱油澆上保麗龍，腐蝕出一個一個的小洞，冒出一道又一道的煙。

張逡慘叫連連，白霆雷動作卻快，扯開自己衣服後以指做刺，噗噗噗噗噗五聲輕響，刺入肝心脾肺腎五處位置，五官咒急速催起。

「鬼神自滅，妖魅潛行，敢有違者，押赴九冥！」

五處傷口噴血而出，但這也同時刺激了自體肝心脾肺腎五種器官，以此五官為統帥，運起元神內治而百體從令，五官驅役鬼神術把所有侵入體內的妖魅鬼神都驅趕出外。

如此一來，張逡本來侵入一成的陰靈就被那暴漲的陽氣給沖破，硬生生被驅趕出白霆雷的身體，而骷髏頭更被那陽波給撞到好幾尺之外，撲通一聲跌回地陰水眼裡。

幽靈白霆雷由上空目睹這一切，他沒想到自己身體這麼威，沒了靈魂也能自主行動，難道是平日訓練有素，讓反射意識接管了所有動作？

他沾沾自喜了起來，他果然不同凡響！

骷髏頭再度從水眼裡飛出來，但就像是雨打後的枯枝殘柳，飛兩步又後繼無力要往下掉，卻還是倔強要飛，這樣的他已經不敢太過接近白霆雷的肉身，保持著一定的距離。

「你……你是鍾流水！」

拾・
偷身要找鬼代，警察不敵強吻

「對啊，我也會『偷身鬼代』。」白霆雷的身體坐起來，指著自己呵呵笑，「把小霆霆的靈魂弄出去、到你吐出陰靈要侵凌他時，會有個短暫的空檔，我只要趁這幾秒鐘的時間搶前進入，就能控制身體對付你。」

「不可能……我一直小心看著周圍……你被罄玃給盯著……」

張浚轉往鍾流水肉體倒著的方向，那具斷了臂的肉體懨懨倒著一動也不動，負責控制他的那隻罄玃卻已經不太一樣，牠脖子上的鬼面消失了，而來自於鍾流水的幾縷髮梢則捲著一張定靈符。

沒有了定靈符，罄玃裡的人魂消散，這隻罄玃因此失去作用，對鍾流水再也構不成威脅。

所以他才敢讓元神出竅，但是……

白霆雷體內的鍾流水彷彿讀出了他眼裡的疑問，回答：「我悄悄釋出元神往地下鑽過去，土氣遮掩了元神金光，所以你看不到。」

鍾流水說的元神是指他修練過的靈魂。

修道人在修行到一定的程度之後，元神通過天靈蓋就能成仙了，鍾流水是肉體成仙，元神能任意出入肉身，並且散放金色光芒，只不過元神出竅後，肉體失去防護，隨便來隻阿貓阿狗都能把人給啃光，所以除非有信任的人在旁護持，鍾流水不會輕易讓元神出體。

所以趁隙讓元神鑽入地底，抓緊時機上了白霆雷身，也算是一種險招，但不入虎穴焉得虎子是不是？

而血陽真涎及五官驅役鬼神術一下竟功，也都虧張逡自以為十拿九穩，犯了早先鍾流水犯的毛病，標準的風水輪流轉。

張逡憤怒非常，乾脆放棄白霆雷的身體，卻是凝聚所有力氣衝往倒在地下的鍾流水，打算玉石俱焚了。

鍾流水這下子有些驚慌了，理由剛剛說過，沒有防護的身體就是那風中婀娜的傻逼，他立刻跳了起來，手往耳後抓了抓，沒抓出習慣用的桃枝，反倒扯痛了頭皮。

「都忘了這是別人的臭皮囊……」他嘟囔了一句，站定，扯下一片衣角，咬破手指迅速書寫血符後丟出，朝骷髏頭飛去。

這樣的動作再重複四次，五片符於鍾流水那斷臂的軀體上帶起一片熱風，骷髏頭被吹了開去。

金絲發現抓著自己的罄玃鬆了手，因為控制牠的骷髏頭元神大損，已經不足以制住傀儡。

拾．
偷身要找鬼代，警察不敵強吻

她往罄玃頭上一翻，摳出定靈符後推開對方，忍著傷口疼痛化回大蛇，兩方都是敵人，她當機立斷，要先把鍾流水的元神給制服，再去收拾那背叛自己的骷髏頭。

白霆雷的靈魂恨不得此刻也加入戰鬥，把張逡的頭骨給一腳踢到天空成流星，但他不懂弄神回身的法門，只能在上頭乾著急。

穿著白霆雷皮衣的鍾流水卻是專心一致，五道符隨意而飛，轉而貼上金絲的頭鱗起火燃燒。

「火符引星自天來！」鍾流水掌指交疊，唸咒催動天火正心符。

天火正心術能召喚天外飛星，攻擊力強悍異常，當然，驅動此術需要耗用的法力也相當大量，所以鍾流水不太使用這一招，但此刻場上只有他這一道戰力，不用也得用了。

就見符火沖天炮飛上天空，接著無數飛星落下，全打往金絲身上。

金絲啊啊啊的左閃右避，但蛇形的她軀體太大，不管怎麼躲，總有幾顆飛星打到她身體，雖有鱗片保護，但火符引來的飛星可比人類的子彈厲害，就聽砰的一聲，她結結實實摔到了地上。

鍾流水解決了金絲，知道最大的心腹之患還是張逡，回頭想追，張逡早已消失了蹤影，中計的他知道什麼都玩不下去了，裝作放棄對罄玃的控制，讓金絲強出頭，他好趁亂飛走。

留得青山在，不怕沒柴燒，此刻不逞匹夫之勇，遲早能找到機會殺了鍾流水，一解心中怨氣。

他是鬼，執著的惡鬼，只要能維持此縷陰靈不滅，一往無前。

這時，地陰水眼再度展現它的威力，池水上頭湧起層層黑霧，擴張成遮星蔽月的網子，準備吞吃附近一切的生靈。

「主人，撤了！」見諸魅病懨懨地提醒。

鍾流水剛剛使了一招天火術，法力耗失大半，元神倦累不已，慢慢捧起見諸魅放懷裡，又利用白霆雷的肉身抱起自肉身跑離灰白色土壤區，發現白霆雷的身體真的很好用，手長腳長，隨手一撈還順便把斷臂撿了起來，跑幾步就遠離危險區，唉呀呀，真不想把這身體還給人呢……

「神棍、神棍！」飄在空中的白霆雷幽靈見事情好像都解決了，試著喊了一下人。

鍾流水往上一瞪，他看得到白霆雷。

白霆雷根本搞不懂自己是死了還活著，更詭異的是看著自己的身體在地下動作來動作去，甚至還傲嬌了一把瞪來，說有多違和就有多違和。

「神棍，我還能不能活回去？」他試探著問。

拾・
偷身要找鬼代，警察不敵強吻

備。

「等等啊你。」鍾流水輕描淡寫地答。

白霆雷忐忑了，等什麼等？是死是活好歹也就交代一句唄，上天堂下地獄也都好有個心理準備。

斷臂之體被平放在地下，鍾流水的元神驅策白霆雷的身體趺坐於旁，重行一遍偷身鬼代。

「黑黑混沌，元黃氤氳，汝者身代，汝者身從……」

白霆雷也搞不清楚怎麼回事，底下一股吸力捲來，他立刻成為被沖入了抽水馬桶裡的一條死魚，暈眩著下墜，眼前黑濛濛——

震盪感消失之後，他終於又能看見了，卻發現鍾流水坐在他身前，對、實實在在的鍾流水，正抓著被砍斷的手臂擺弄，似乎想黏回去的樣子，原本還留著血的傷口都乾涸了，像老木枯萎。

白霆雷雖然高興自己又活回來，但心裡也酸了，神棍會成為傷殘人士，跟自己脫不了關係，這樣的恩情並不是幫人申請個殘障津貼就能還的。

「神棍……我現在揹你下山找醫院，說不定還能把手接回去……」

雖然知道就算能接回手，功能也一定大不如前，更何況深山野嶺，等找到醫院，斷臂上的神經早就壞死，連接都不能接了，但、還是要想辦法試試看。

「別吵。」真的很吵，沒看到他正在傷元耗神的自助醫療嗎？

白霆雷不敢說話了，只是心中打定主意，這人情他記下了，以後總有償還的一天，自己還不完，他結婚後還會有孩子、孫子、世世代代——

這裡警察激憤著，鍾流水卻靜靜幹著事，握著斷肢放回原來的斷口處，當兩相接合，傷口突然間有物蠕動出來，就像皮下組織潛藏了十幾隻蚯蚓一般。

「蟲！」警察大叫。

「大驚小怪。」神棍拍回那想要幫著抓蟲的警察。

很快那些蚯蚓破土而出，卻不是蚯蚓，而是一根根柔軟的小細枝，發芽後鑽出，韌性的莖部爬過那一圈暗紅色血痕後又鑽回皮下組織，乍看之下，斷臂就像被蟠曲的細索給縫了起來，更細的軟枝則以尖端去填補傷口乾縮後後出現的缺口，很快的，那些突起的根枝又埋沒回皮肉底下。

這一切做完之後，法力也就大概耗掉了七成，但鍾流水卻相當滿意，嗯，切口消失，皮肉光滑，試著動了動手指頭，勾勾伸伸行動如常，就像一切從沒發生過。

白霆雷呆若木雞了，這、這、這也成？

把他剛才那一整鍋的心酸還來！

拾・
偷身要找鬼代，警察不敵強吻

鍾流水接回了手臂，不見有多大心喜，卻是若有所思，前頭還有一個金絲，可不能讓她察覺自己法力剩不到三成了。

他走到金絲身前，那腳步聲聽在金絲耳裡都不啻是喪鐘在敲。

鍾流水陰陰地由金絲頭上的一對肉角往下看，流連她黑質體表上的紅橘縱帶，包括覆蓋蛇身的金絲鑲卷鱗片，鉅細靡遺，就像X光機將蛇妖由裡到外全透視。

金絲被飛星打得是心有餘悸，加上脖上的傷口，頭暈眼花著呢，正趴在地下喘大氣，卻也知道好女不吃眼前虧，低聲下氣了。

「饒、饒命……」

「小霆霆我給你來個機會教育……你知道龍手上都會抓一顆寶珠吧？」鍾流水突然說。

被點名了，白霆雷也不知道神棍搞什麼鬼，接著話頭問：「你是說湊齊七顆就能召喚龍王實現願望的龍珠？」

由這回答就可知道白霆雷看什麼東西長大的。

我們的神棍雖然對動漫文化涉獵不多，但從外甥那裡好歹也偶爾聽過幾次龜派氣功啥的，於是不爽搖頭。

「……龍族的確都擁有一顆『如意寶珠』，平日藏在頸首處，包含了那條龍的部分法力。傳說龍於春分登天、秋分潛淵，這個潛淵嘛，就是下潛到既暗且黑的深水潭裡，這時候牠們就會將能發出光芒的寶珠抓在手中，做為明燈指引，以免失了方向。」

「原來是這樣。」白霆雷點點頭。

「古代有一支龍蛇旁系的靈蛇族出沒於隨國地區，某一年，有隨侯於斷蛇丘上救了一條落難的靈蛇，那條蛇將自己體內的明月靈珠送給隨侯，後世稱為『隨珠』，照黑夜如白晝，『隨珠』後來殉葬於秦始皇陵，照亮陵墓千百年。」

「所以……你他喵的說起神話故事是有什麼深刻偉大的涵義嗎？」白霆雷終於疑問了。

美美的桃花眼一甩，甩向地上那簌簌發抖的金絲。

「……我說啊，妳應該就是靈蛇族裡為數不多的後代，既然有了千年道行，也就孕育出了明月靈珠吧？給我。」

「這珠子除了能於夜晚放些光芒，一般人拿著沒什麼用，還是……」她苦苦哀求，那明珠裡起碼含著她五百年道行。

「妳不給我，我剖開了妳的肚子照樣拿得到，就是髒手而已。」鍾流水冷笑，「給不給？」

拾．
偷身要找鬼代，警察不敵強吻

金絲感覺到鍾流水眼裡殺意熾盛，看來不是說著玩的，也不敢拖延了，就算失去靈珠會減損修行，但眼下保命要緊，腹部處立刻有東西一鼓一鼓由食道往上，一顆直徑大約一寸的白色珠子被吐了出來。

鍾流水接過靈珠細瞧，那珠子外形似真珠，通體透明，散發瑩白月色，稍微轉動卻能反射七彩光芒，看著倒像是顆金剛石。

「……明月靈珠，很好，很好……」鍾流水確認這就是他要的東西之後，才又說：「對了，我已經請土地公通報本市城隍爺，關於過去一千年裡妳造下的殺孽，他們很快就會找妳談一談……」

金絲臉色大變，連退幾步後往天空飛去，突然間頭上飛來大片花雨，鍾流水指尖輕彈，花雨成網當頭扣下，金絲就這樣被鎖到花囚籠裡。

說真的，這籠子原本是囚不住金絲這樣的千年蛇妖，但因為她失去明珠後，同時也就喪失了五百年道行，加上身受重傷，所以怎樣都逃不出去，而籠裡突然起火燃燒，燒得她吱吱哭叫。

「饒命、大仙饒命……嗚嗚嗚……饒命……」

鍾流水再彈手指，火焰稍熄。

「哼，有本事做壞，就要有本事不被抓到。所謂的善惡是非，暫時還由天庭那些人來決定，妳自求多福了。」

白霆雷聽著不對勁，說：「神棍你這話說的不對，鼓勵人變壞啊。」

「……小霆霆，你知道我小妹灼華怎麼死的？」

白霆雷第一次聽到鍾流水提到自家小妹，卻沒想到會被問了個這麼奇怪的問題。

「不知道。」白霆雷老實回答。

「被雷打死的。原因？不過是懷了個凶悖魂體啊……」話說到這裡鍾流水狠戾了，「我無力去阻止……」

這裡說的無力阻止，不知道是無力阻止上天，抑或是阻止小妹，答案只有他自己知道。

「你……」

「現在該思考更實際的問題。又被張逡給逃掉了……那傢伙執念太重，若是放任不管，一定還會找機會報復我。」

白霆雷想想也是，從十年前一場鬥法後記仇到現在，那傢伙對神棍到底是累積了多厚多重的愛啊。

拾・
偷身要找鬼代，警察不敵強吻

「那就快點把他找出來治了。」他問鍾流水：「你覺得這回他會躲到哪裡去？」

「笨蛋，幹嘛浪費心思找？他既然恨我入骨，自然會主動來找我，不，我們。」

「他恨的明明是你。」

「但他想要的是你。」鍾流水笑咪咪，「你的肉體。」

白霆雷皺眉了，神棍說的是沒錯，但這些話要讓不相干的人聽到，還以為他們三者之間有啥牽扯不開的小三情仇呢。

「神棍啊……」白霆雷突然問：「你們頭上有天庭，腳下有地府，為什麼還管不了張逡跟蛇妖這樣的禍害？」

「人間有官府、有警察，作奸犯科的人還不是一樣多？」

白霆雷語結，發現找不到話來反駁。

鍾流水嘆了口氣，悠悠又說：「……我還滿欣賞張逡那傢伙的，不管被我逼到何種絕路，總能苟延殘喘東山再起，跟打不死的蟑螂一樣。很期待他下一次的攻擊呢。」

這是相愛相殺嗎？隨便了，只要別把我牽扯進來就好。以上是白霆雷心中的吐槽。

「還有件事。我累了走不動，你揹我下山去。」

「靠、我的腿是腿，你的腿就不是腿？自己走。」

「懶了。」鍾流水說的輕鬆，事實上是打鬥、流血、接續斷臂、加上最後又使了一手花囚籠來關住金絲，讓他法力所剩無幾，但這卻不能被金絲、或是可能躲在附近的張逡知道。

「……好、我就揹你吧。」白霆雷苦著臉說，他這人嘴巴硬心腸軟，一想到鍾流水會斷臂流血都是為了救自己，他就有了走幾個小時山路的心理準備。

鍾流水把花囚籠放在地陰水眼旁，任金絲嗷嗷亂叫，相信張逡這個背叛者也不會回來救她。

鍾流水任白霆雷揹著他下山，白霆雷走著走著又哪根筋不對了，邊走邊抱怨。

「靠、我居然被骷髏頭給強吻，還是個公骷髏！神棍你既然魂魄附到我身上，起碼也掙扎一下是不是？」

「不用客氣。」

「我不是客氣，我在質問！說，你是不是故意的？反正失身的是我，不是你……」

「我都咬舌了你還想怎麼樣？」

「咬的是我舌頭！唔、好痛，你下口真是不留情……」白霆雷話說的快又急，不小心也咬到

拾・
偷身要找鬼代，警察不敵強吻

舌尖了，傷上加傷。

「代表我認真在掙扎，這點更不需要你感動，應該的。」

「我、我、我掐死你！」

……

「喂、我餓了。」

「你不是喝酒就會飽？」

「想吃鬼……你繞古戰場走一圈，我去抓兩隻來吃吃。」

「吃你妹啊吃……噢、神棍你又打我……我不是對你妹不敬……不准扯我頭髮，也不許彈我耳朵……我去、我去就是了，不就是多繞一個小時的路嗎……」

爭鬧聲中，山月隨人歸。

鬼事顧問、零貳。髑髏夜走。

【尾聲】執勤必當拒酒，

人面桃花映紅。

白霆雷奉長官命令造訪桃花院落，手提一罐酒，說是孫召堂謝謝鍾流水救了他的笨下屬，特意從朋友家裡挖出一壺蜜酒送過來。

鍾流水懶散躺於桃花樹下，接過酒，呵呵笑著說：「釀這蜜酒也不難，蜂蜜煉熟加熱水攪拌，酒麴入酒甕中密封，幾天後就清亮可飲，蘇東坡也喜歡這好東西啊……」

白霆雷一邊踢著啄他腿的小玉，一邊不以為然說：「你又知道蘇東坡喜歡這東西了？」

「蜜酒方子是我一位姓楊的朋友給他的，我也技術指導了一下，你說我知不知道他喜歡？」

「又天花亂墜編故事了……」白霆雷嘟噥著。

鍾流水開了酒，照例一杯先薦酹給身後的桃花樹，「灼華啊，嚐嚐看這酒，『真珠為漿玉為醴……甘露微濁醍醐清……』」

白霆雷不知道鍾流水吟的正是蘇東坡寫的「蜜酒歌」，不過聽頭上枝葉搖曳，樹若有靈，歡喜來饗。

「我順便來告訴你一個消息。乾元山這一陣子都沒有骷髏頭的目擊報告了，監視器還會持續追蹤，有異狀我們會立刻知道。」

「很好。嘿，過來陪我喝杯酒，所謂花看半開，酒飲微醺，而灼華正美。」

尾聲·
執勤必當拒酒，人面桃花映紅

白霆雷看了看那桃花樹，他想起神棍替這棵樹取了跟妹妹一樣的名字，難怪他聽不得人說這棵樹的壞話，他睹樹思人。

不知道他妹妹是不是就跟這棵桃花樹一樣溫婉美好？或者哪一天能見識人面桃花相映紅的情景……白霆雷神往了，一盞酒卻遞了過來。

「喝。」神棍瞇著醉眼說。

「執勤中，不喝。」白霆雷一口氣拒絕

不喝就不喝，鍾流水拿回酒，淺嚐甘醴賞花持酒，一生足矣，而明天事，明天再說。

《鬼事顧問貳·髑髏夜走》完

鬼事顧問、零貳。髑髏夜走。

【番外】一見發財返生香。

鬼事調查組，一個專門調查稀奇古怪鬼案子的小組，小小辦公室隱藏在田淵市警局之內。

一般民眾可能不太知道警局裡居然還有這種編制，畢竟這是個科學昌明的時代，大部分的怪力亂神都可以用理性與科學來分析解釋。

只除了小部分。

換句話說，鬼事調查組的業務量並不多，所以組裡人員只有三位，包括了一位整天喝茶混日子的孫召堂隊長、能幹美麗的女警譚綺綠，以及剛自警校畢業的菜鳥警察白霆雷。

今天孫隊長給兩組員一間公寓的地址，位於住家大廈裡，據說裡頭每到夜半就發出女人幽怨的哭聲，鄰居們都害怕死了，因為那間公寓的住戶在去年燒炭自殺，目前是空屋，白天大樓管理員也進入查看過，沒任何可疑跡象，女人哭聲怎麼來的？

白霆雷跟著譚綺綠相偕去查探，卻沒查出可疑處，心裡都焦躁了，踢著人行道上的鋪面地磚發洩怨氣。

「大概半夜有貓闖進去叫春，或者鄰居小孩唸書壓力大，躲進去弄出怪聲響，嚇嚇他們父母？」

「話別說太早，自殺的人怨氣大，死後不肯離開該地，我辦過類似案子，地點在地下停車場，後來還是請鍾先生讓冤魂離開，要不整座停車場都變成蚊子養殖場呢。」譚綺綠笑吟吟，看看手錶後說：「餓了，找家店吃飯吧。」

白霆雷大喜，這不是變相的約會嗎？待會順便提議看場電影，升溫同事感情，只要表現得彬彬有禮，譚綺綠對自己的好感一定升高，哼，他很快就再也不用過光棍節啦！

來到譚綺綠推薦的日式拉麵店前，白霆雷突然看見對街一黑一白影跑過，怪了，不就是曾在群青巷外看見過的重金屬搖滾雙小子嗎？這兩人在之前的嬰屍案也出現過，身分可疑，他們正追著誰？

離他們大約二十公尺的前方，一名老伯伯倉皇奔跑，老伯伯看來七、八十歲，身材矮小卻矯健靈活，奔跑時直如一頭飛躍的羚羊，但奇怪的是：黑白小子在後頭大呼小叫喊殺喊打，路人卻全都冷漠以對，根本沒人關心這一起大街上的暴凌事件。

「這社會病了！」白霆雷都忘了跟譚綺綠用餐這件事，衝過車水馬龍的大馬路去追黑白小子，邊追邊叫：「我是警察，前頭兩個人停下來！」

白霆雷的大吼大叫讓街上所有人回頭，似乎他的樣子比黑白小子們有趣。

黑白小子其實就是陰差黑白無常，聽後頭有人追打，回頭一看，不就是鬼事調查組那隻菜鳥？

菜鳥追打的模樣比鬼還可怕，害得小白哇哇叫。

「小黑小黑，他追我們幹嘛？現代人都不敬畏鬼神了嗎？我們也算地府公務員，跟他同屬執法者，本是同根生，相煎何太急，為什麼得不到尊重？我們上警局去靜坐抗議吧！你去不去去不去？把姜姜也算一份，他愛湊熱鬧……」

小黑自己比白霆雷還要勇猛威壯，並不怕對方的追打，但白霆雷畢竟是人間警察，兩相衝突沒有好處，再說他們追捕前頭老人好幾個時辰了，好不容易拉近距離，怎樣也不想放過對方，當下決定不理會白霆雷，繼續追。

前頭老頭子更急了，加緊腳程東逃西竄。

白霆雷認為小黑小白欺負老人家，可惡，就算是欠錢好了，也該循正當法律途徑來索取，何必當街欺負老人？

他追出了好幾條街，撞倒許多行人及路邊亂停靠的機車，邊追邊幹，小黑小白看來沒怎麼閃躲，偏偏一個人都沒碰撞到，怎麼回事？難道他們的真實身分不是搖滾樂手？

啊、沒錯、原來是橄欖球隊裡專門進攻的四分衛，難怪躲人躲得熟練。

番外．一見發財返生香

跑過熱鬧的商圈之後，老頭子鑽進種了許多樹的公園裡，黑白小子跟著穿入，白霆雷握住低矮欄杆也跳進去，畢竟是警察，跑步他強項，很快就抓住了小白的衣角。

「你有權保持緘默……」

小白沒保持緘默，他回頭對白霆雷一吐舌頭裝可愛。

「以為賣萌就能為所欲為？我不吃這一套！」白霆雷大吼，手裡抓得更緊。

「嘿嘿……」

小白可沒收回舌頭，相反的繼續吐舌、愈吐愈長，人家有三寸不爛之舌，他這舌頭卻竟然伸出九寸，什麼萌啊？簡直是猛了，猛到白霆雷都愣住，他錯了，白衣小子不是四分衛、是魔術師。

小白憑著一舌之技驚懾對方，樂了，劈頭劈臉又朝白霆雷扔一堆啥的，咩嘿嘿大笑。

「一見發財唷～～」

瞬間怪風於平地暴漲，黃紙漫天飛舞，將視線都給遮蔽，被抓住的衣角也趁機滑脫了去，白霆雷趕緊回抓，卻是一手黃紙，可惡，全都是廟裡燒香用的金銀香紙，也就是俗稱的冥幣！

「你們的罪名多了一條，亂丟垃圾！」白霆雷在風中怒吼。

風散去，老頭子已經消失蹤跡，但黑白小子的身影於公園另一端閃現，白霆雷跳過拿氣球的小娃娃、閃過溜直排輪的中學生，咚！撞倒正在替女友拍照的大學生。

「喂你怎麼走路的啊？我新買的相機都摔了，你賠不賠？不賠我報警！」大學生抓了他手不放走。

白霆雷眼見小黑小白消失了，自己氣從中來大吼：「叫警察？我就是警察，再擋路我告你妨礙公務！」

大學生不敢嘰歪了，白霆雷推開他，往小黑小白最後現身的地方奔去，那已經是公園另一端的出口處，跳過矮欄杆，這、好熟悉的景致。

幹、群青巷！

靈感一現，小黑小白肯定跑到群青巷裡了，更說不定想找神棍庇護。

白霆雷心念這麼一轉，腳就跟著穿弄過巷了。

當他經過小土地公廟前，阿七蹲在地上抽菸呢。

「有沒有看到黑白雙煞從這裡經過？」他氣勢磅礴問。

「小黑小白跑得很急，他們往……」阿七指著另一條巷子：「那邊去了。」

白霆雷這才知道那兩人叫做小黑小白，這名字一目瞭然，

白霆雷跟阿七揮手表示感謝之後繼續追，沒見到影兒，他又轉別條巷子，如今是下班放學的時間，白日裡冷清的巷弄開始有了人氣，但除了本地居民外，還是沒看到那兩人。

「可惡！我會不會是被騙了？」

阿七看來敦實，不像會騙警察的樣子，不過他能叫出小白小黑的名字，可見跟對方熟稔，幫助他們逃脫也是有可能的。

轉原路回到土地廟前，阿七已經不在了，只有住在附近的老婦人弓著身子虔誠拜拜，白霆雷乾脆躡手躡腳轉進群青巷，若小黑小白躲在桃花院落裡，可以不打草驚蛇。

遠遠看見鍾流水一如往常躺在桃花樹下，正跟他鍾愛的桃樹講著話，一會傾聽一會言笑晏晏，那氣氛溫馨和煦，彷彿真把桃樹當成了親人。

當然、鍾流水這模樣也可能是欺敵之法，讓自己毫無戒心就離去，而小黑小白還躲在裡頭看笑話。

白霆雷躲著觀察了一會，也不敢靠太近，要不小玉又要飛出來啄人了，就這樣無聊監視了好

一會兒，著實沒看頭，心裡頭嘔啊，算了算了，回去吧。

頹然要走，突然鍾流水喊：「……走什麼走？都給我過來。」

咦、是指他嗎？白霆雷受驚可不小，但是鍾流水說：「都」給我過來，難道躲附近的不只他一人？

他訕訕走出去，卻發現桃花院落竹籬笆旁的小矮樹也跟著唰啦啦，矮矮的身影竄出來，居然是小黑小白緊追不捨的老頭子。

「你在這裡！」白霆雷驚呼。

老頭子不認識白霆雷，以為跟小黑小白一樣抓他來著，受驚可不小，咻的躲到桃花樹後頭去，又探出半個頭警戒，顯然把白霆雷當壞人。

鍾流水涼涼地問：「你們認識？」

「不認識，但我親眼看見他受脅迫。」白霆雷轉頭對老頭子說：「我是警察，我知道小黑小白在追你，你別怕，警方會保護你。」

老頭子還沒開口呢，鍾流水倒訝異了，小黑小白不會無緣無故追捕人，除非這人……

「小霆霆，去裡頭搬椅子出來給老人家坐，我問問事情。」

白霆雷沉臉，「警察是公僕，不是私僕！在你家裡就應該由你搬椅子倒茶給客人，怎麼吆喝起我來了？」

「對喔，我忘了交代要上茶。」頓了頓，鍾流水又盯了一眼老人家，最後說：「你往灶下去，紅木櫥櫃裡有個葫蘆，拿來。」

神棍耳朵有問題是不是？都說他不是私僕了！

但這時老頭子拍拍胸口可憐兮兮，睜著一對可比擬小鹿斑比的水水眼睛向他望了過來。

「我渴……」

一口怒氣憋回去，白霆雷轉身進屋，乖乖提了椅子及葫蘆出來，回樹下時鍾流水與老人家已經相談甚歡，弄得他心底挺不是滋味，這神棍對別人都很客氣，怎麼見了自己就直接拿來當僕人使喚？

「……你迷路了？家附近有任何景物？」鍾流水正在耐心詢問。

老人家似乎不喜歡坐在椅子上，就蹲在鍾流水身邊，聽到問及住家，很茫然，「我不記得……我醒來的時候，就莫名其妙在外頭……有兩個人來，說要帶我離開，到遠遠的地方……我很怕、跑走了。」

「老伯伯你叫什麼名字、有兒女嗎？記不記得家裡電話？」白霆雷殷勤詢問。

「我不知道……我沒有……什麼都沒有……」

白霆雷瞬間懂了，老頭子是失智老人，他立刻注意老人的手腕部分。一般家庭為了防止家中老人迷路街頭，會為老人家申請防走失手鍊，手鍊背後以一組代碼代替姓名或手機，以免歹徒以此為根據來要錢，失蹤老人協尋中心會根據代碼來找到家屬，堪稱便民的措施。

可惜的是，老人兩手空空。

「那、我們先去警局備案，再連絡相關單位，一定幫你找到回家的路。」白霆雷相勸。

老人家突然鬧起脾氣來。

「我不要回去，我、我、我要往草原、曠野、或沙漠去，那才是我的歸處！」

「你的親人現在一定很擔心……」

「我沒有親人、那裡沒有我的親人！」老伯伯耍起脾氣來。

鍾流水摸摸身邊老人的頭，這動作相當的突兀，起碼在白霆雷眼中是如此，因為這動作通常都是由長輩對後輩施行，但鍾流水卻做的自然，老人家也沒露出任何不悅的反應。

「你很乖……」鍾流水垂眼，「可惜凡體與仙體不同，凡人呱呱墜地之後，誰能活著回去？」

老伯伯一臉的不甘心，低頭，喉頭有低低咽音，像痰卡著。

白霆雷還想著怎麼拐老先生呢，突然間鍾流水輕噫，手上像碰觸到了不思議之處，撥開老先生的頭髮看，就在他兩邊眉上約三寸的位置處，有兩個肉肉的突起。

「這……你……」鍾流水呆了半晌，搖搖頭，卻又一臉惋惜，「……年事已大才認清本來面目，來不及了。」

白霆雷也瞄到了那東西，像兩顆小小的肉芽，他也跟著皺眉。

老先生是挨了打而頭腫，還是有什麼奇怪的疾病？該先送去醫院、還是想辦法找他家人？

鍾流水由葫蘆中倒出一杯酒給老人家，「果然這杯酒就該為你準備。喝了它。」

葫蘆一開香氣四溢，裡頭酒味濃烈，光是聞聞香氣都會醉，白霆雷頭一昏，暗叫不妙，他可是不能喝酒的體質啊，立刻繃著臉忙阻止。

「喂喂，你自己當酒鬼就算了，別讓老人家喝酒，他有高血壓怎麼辦？」

鍾流水不答，見老人家聽話的喝了，這才吩咐白霆雷說：「我們帶他回家吧。」

「你知道他家在哪？」白霆雷狐疑。

「我不知道，但他清楚。」鍾流水嘆了一口氣，「世上異獸凋零幾許，能夠在此刻相遇也是緣分。」

打什麼啞謎呢？故作神祕的神棍向來最討人厭了，白霆雷想。

鍾流水懶懶散散起身，老人家看著還不想離開，這桃花院落有種讓他熟悉的氣息，所以一等甩脫小黑小白的追趕，他就找過來了，現在要趕他走，他不依他不依啦。

「不是想往草原、曠野、或沙漠去？你喝了返生香，現在就能達成願望，再晚些可不行了。」鍾流水臉嚴肅起來。

老人家很委屈、真的很委屈，但酒喝下去之後，他覺得身體變輕了，好像能飛翔馳騁呢。

「好、快點回去。」想通之後，他反而吵著要走了。

蹦蹦跳跳跑出去，再度展現他優美敏捷的動姿。

白霆雷只好跟在後頭跑，搞不懂，這老人年紀如此大，跑步速度卻媲美奧運短跑選手，把他弄得氣喘吁吁，氧氣都快供應不上了。

白霆雷這樣喘，鍾流水卻是相當自在，他行雲流水的動作比起老伯伯不遑多讓，一面跑還一面敦促菜鳥警察：唉、你跑快些啊！跑輸老人家羞不羞？加緊訓練啊兄弟，腿短能用毅力克服的……

喵的我身上除了舌頭之外，其他物件都比你長好不好！白霆雷要不是喘得說不出話，早嗆聲回去了。

老人家在市區內東轉西轉，最後闖入市立動物園裡，怪異的是門口票務人員像是跟本沒看見他似的，對他沒買票就直接進入園區的行為視若無睹，難道是動物園對老人家有優待，可以免費進場？

想著想著白霆雷被攔下來。

「請購票。」入口處工作人員微笑著說。

「也給我買一張。」鍾流水理所當然地說。

「用你自己的錢啊渾蛋！」

「我沒帶錢。」

白霆雷本不想理會鍾流水，但這事透著稀奇古怪，老頭子說要回家，為什麼卻到了動物園？鍾流水又賣著什麼關子？

為了得到答案，白霆雷只好忍著痛買了票乖乖入場，老人家卻早就不見了蹤影。

「往這裡走。」鍾流水胸有成竹。

「你怎麼知道？」

「老伯伯身上染了香味，容易追蹤。」

白霆雷動了動鼻子，真的，一縷香味侵入嗅覺，這味道太讓他印象深刻了，就是剛剛葫蘆裡的酒香。

於是乎，動物園各個園區之間，兩個大男人不排隊看動物，卻歙張鼻孔在那裡嗅啊嗅，跟遊客漸行漸遠。

最後他們來到偏僻的獸醫部門裡，該部門的工作人員將他們攔下來。

「我們找位老人家，他來這裡了吧？」白霆雷問。

「除了你們，沒其他人來。」工作人員說。

白霆雷踮腳往裡頭看，看到老頭子身影了，人明明就在那裡，工作人員幹嘛說謊？

他氣的立刻掏出警察證來，「辦案。」

工作人員傻眼，發生什麼案子了？

此地風平浪靜，除了園裡飼養十幾年的羚羊因為年紀大了瀕於老死，正在接受照護……啊、

番外・一見發財返生香

要不就是剛剛兩隻紅毛猩猩打架，見彩了，其中一隻隔離在這裡上藥，難道警察想逮捕？

工作人員立刻出去找主管來。

總之，白霆雷跟鍾流水順利追到老頭子身邊去，老頭子卻看著小柵欄內那隻奄奄一息的羚羊。

他問鍾流水：「剛剛喝的酒讓我精力充沛，裡頭有什麼？」

「酒裡有返生香，只需少許即能幫助返魂、驚精、回生、震靈，效果不長，對你而言卻夠了。」

老頭子很高興，身體開始模糊起來，像一朵雲，卻又漸漸靠近昏迷中的羚羊，覆蓋於牠身上後消散。

白霆雷揉了揉眼睛，他眼花了嗎？老人家呢？又一個變魔術的？

鍾流水冷眼旁觀，切，笨蛋警察到現在還不懂自己擁有陰陽眼，能看到鬼魂嗎？

從一開始老頭子就只是一縷魂魄，還是動物靈，但因為在動物園裡待久了，跟人類接觸良多，自然而然將靈魂化成人類的模樣，都忘了生靈各有各的夢，有的在草原、有的在高山，那夢境從祖先那承繼下來，一年一年傳頌於心裡。

羚羊睜開眼睛掙扎站起，更誇張的事情發生了，牠頭上原來有兩支短短結實而空心的角，卻在這時迅速往後頭延彎，接著向上，巨大碩長，比牠一顆頭還要長上個幾倍。

生長的不只是角，就連脅上也冒出翅膀來，棕色的體毛染上了虎豹斑蚊，這隻羚羊已經變得不是羚羊，柔和外貌不復，而是凶猛猙獰。

牠對著兩人揮揮翅膀搖頭擺尾，鍾流水專心傾聽。

「要邀我們一起？但這是你最後的……」

牠相當堅持，要兩個人一起坐上牠的背。

剛飛上天空，工作人員與負責主管才姍姍來遲，卻能沒看到一獸兩人飛上天的奇景。

「什麼、這到底是什麼？你他喵快告訴我，說你眼裡看到的跟我一樣！」

白霆雷被馱到高高的天空中，都語無倫次了，眼前發生的一切跟他從小到大所見所聞相悖，這隻羚羊到底把達爾文的進化論放在哪裡？

「當然，長了翅膀嘛。」神棍說的輕鬆自在。

「你說說看啊你說說看，天底下哪隻羚羊會長翅膀！？」警察口氣都衝了。

番外・一見發財返生香

「因為牠不是羚羊，而是辟邪。」鍾流水摸摸這隻生物的角，口氣緬懷，「古代有許多飛翼神獸，頭上長一角的是天祿，兩角為辟邪，無角的則是符拔，在經歷過一場人界戰爭後，大部分死傷殆盡……」

「第一次世界大戰？」白霆雷對戰爭的印象只及於近代。

「錯，是黃帝與蚩尤之戰，牽扯天、地、人三界，死傷不計其數，許多神獸死於戰場之上，就連我的白澤……總之辟邪幾乎絕種，但血脈相承，你身下這隻繼承了遠古時的血脈，可惜卻是直到死前才覺醒……」

黯然了，鍾流水可憐這隻神獸，從出生起便於人工環境裡培養，無法於草原、曠野上馳騁，不懂自己血裡有著非凡的神聖力量，直到老後死亡逼近，遠古記憶甦醒，但、卻已來不及了。

身體早已油盡燈枯，目前撐起牠的，不過是一口摻在酒裡的返生香而已。

返生香，取返魂樹的木根心，放在玉製大釜中煎熬取汁而成，東方朔的《海內十洲記》有云：斯靈物也。香氣聞數百里，死者在地，聞香氣乃卻活，不復亡也。以香薰死人，更加神驗。

古言誇大了，返生香哪那麼大效力呢？不過就是比吊命的千年人參好上那麼一些些。

羚羊魂魄喝上那麼一口，立即有了短暫精力，讓牠返了祖，重享上古神獸自在飛躍的能力。

新生辟邪掠過無數高樓大廈，只為遠離塵世，最後終於找到了一片大草原，牠低空貼地，又陡然竄升，空中表演幾個高難度的飛行動作，一切無師自通，但就苦了背上兩名乘客，別說白霆雷了，就連鍾流水也在幾個翻滾之後，幾乎把喝過的酒吐出來。

「好了、好了、克制些……」鍾流水拍拍辟邪脖子，無奈勸說：「你年紀大了，再說……返生香也快失去效用……回去吧。」

辟邪陡地仰天嚎叫，這是牠夢裡曾經迴繞無數次的場景，於天空之下大地之上自在飛翔，清風白雲拂過身邊，古老的夢想於焉實現，過去柵欄內千篇一律的生活，被男女老少指點注目的日子都將過去。

死亡，終將釋脫牠於囚籠之中，牠在草原之中——

小黑小白找來的時候，神獸的靈魂已然出舍，辟邪的肉體在返生香失效後就枯朽了，害得白霆雷又是猛揉眼睛，恨不得掐住神棍脖子，要從他口裡挖出一個官方說法。

「唉呀將軍，還好你通知，你不知道羚羊先生多刁鑽啊，牠早該在幾個時辰前跟我們回地府去報到，卻忒會跑，快把我跟小黑搞死了，偏偏白先生也來湊一腳……白先生你啊，以後各管各

番外．一見發財返生香

的業務可好？當然，偶爾也可以交流點經驗啦，歡迎來找我們唷～～」

白霆雷臉都黑了，小白這傢伙是自來熟啊？什麼叫做各管各的業務？他又不是魔術師或四分衛。

小黑卸下腰間勾魂鐵索套住辟邪之魂，跟鍾流水及白霆雷微點了點頭，就跟小白換過古服沒入地下，白霆雷呆立半晌，一遍又一遍聽著腦中理智常識斷線的聲音。

「承認吧，今天讓你這笨蛋警察開眼界了。」鍾流水訕笑。

「……那個、聽說人的魂魄會下到地獄去。」白霆雷望著動也不動的屍體，問：「辟邪的魂魄會去哪裡？」

「從哪裡來到哪裡去，牠很早就有了靈識，黑白無常便在鬼籙上記牠一筆，以便安排後續投胎事宜。」

「你是說，雖然牠今天死了，還會復活？」

「……牠會復活，白澤也能，還有我的小妹……」鍾流水悠悠說：「白骨可成塵，遊魂終不散……」

白霆雷不說話了，他很年輕，不太懂資深妖孽鍾流水的滄桑心思。

突然間，鍾流水啊了一聲，「糟糕、辟邪把我們載到這麼遠的地方，該怎麼回家？我懶得走路呀！」

「多運動一下會死喔？好吃懶做的神棍！」白霆雷罵。

「好吧，我要是走累了，就讓你揹。」

「啊啊啊、我是倒了八輩子楣才會遇上你這神棍！我要調職、我要離開田淵市、我要享有美好人生～～」

菜鳥警察的願望在未來也不知道會不會實現，但起碼第二天他就再度體驗了老天對他的殘酷考驗：

前一天被他活生生放鴿子的同事譚綺綠，用盡了各種毒辣方法來虐待這位仁兄，包括整裡滿倉庫的陳年資料、將辦公室打掃的一塵不染、排三個小時隊去搶大飯店限量供應的提拉米蘇等等。

總而言之，有因就有果，不是不報，時候未到。

《番外・一見發財返生香》完

鬼事顧問、零貳。髑髏夜走。

【附錄】不可以亂用符。

不好的符咒使用示範其一
喲！早啊！
摯友章魚！
今天的考試，你也跟我一樣，完全沒讀對吧！
啊？
果然沒有唸書對吧？？沒唸書對吧？？
怎麼可能沒讀，當然是有啊。
好好聽別人說話啦。
啊——果然沒有讀！真拿你沒辦法！
吶！這個拿去，分你一張！
這是舅舅畫的考試及格符喔！
硬塞
這個你是去那弄來的啊？

當然是趁舅舅喝醉睡著的時候去書房偷拿來的！
舅舅最小氣了！說什麼考試只能靠實力！
悄悄
……
算了，這種用來保心安的及格符應該也沒關係……
叮—噹
叮—噹
姜姜同學……
考試不能併桌。馬上回去你自己的座位上，
現在這是什麼情況…
不要！
又不是在吃午餐！
怎麼可能讓你們併桌啊！
可是我現在不想跟章魚分開嘛！
就是不想分開嘛！
呀—呀
昨天替大嬸畫的夫妻和合符明明記得放在這裡…
東西要收好啦！

好的符咒使用示範其二
對了對了！我們兩個啊，去挑戰看看BOSS吧！
呃？你是說，就只有我們兩個而已嗎？
這樣的話根本只是白白送去被秒殺的吧。
才不是呢！我從舅舅那裏拿到了好東西喔！
寶物是——善太公發明的「五將軍符」喔！
噠啦！
又是趁別人睡著的時候偷拿的吧……

不會又像上次那樣拿錯了吧？
你看你看
才不會，你看，這裡有寫善太公還有大將軍，不會錯啦！
等等，這個好像是‥‥
鏘鏘鏘！♪
喔喔！BOSS來了！快上啊！
看我的厲害！
欸？召喚獸怎麼全部都跑出來了？
恩？我不是只養了兩隻而已嗎？
怎麼增值成二十隻‥‥
哇啊太多了！多到都看不見BOSS了！
昨天替大叔畫的六畜興旺符明明記得放在這裡‥‥
就說東西要收好啦！

正確的使用符咒小叮嚀
1
使用符咒前，請確認該符的正確名稱、用法、效果、及副作用。
2
任何符咒都必須在合格法師的指導下使用。
3
勿購買來源不明的符咒。
4
認清該符有效期限。
符咒安全委員會關心您

自己的天空、自己做主。

更多專屬好康優惠與精彩書訊。

☞您在什麼地方購買本書？☜

□便利商店＿＿＿＿＿□博客來　□金石堂　□金石堂網路書店　□新絲路網路書店

□其他網路平台＿＿＿＿＿□書店＿＿＿＿＿市／縣＿＿＿＿＿書店

姓名：＿＿＿＿＿地址：＿＿＿＿＿＿＿＿＿＿＿＿＿＿＿＿＿＿＿＿＿＿＿＿＿＿

聯絡電話：＿＿＿＿＿電子郵箱：＿＿＿＿＿＿＿＿＿＿＿＿＿＿＿＿＿＿＿＿＿＿

您的性別：□男　□女

您的生日：＿＿＿＿＿年＿＿＿＿＿月＿＿＿＿＿日

（請務必填妥基本資料，以利贈品寄送）

您的職業：□上班族　□學生　□服務業　□軍警公教　□資訊業　□娛樂相關產業

□自由業　□其他＿＿＿＿＿＿

您的學歷：□高中（含高中以下）　□專科、大學　□研究所以上

☞購買前☜

您從何處得知本書：□逛書店　□網路廣告（網站：＿＿＿＿＿＿＿）　□親友介紹

（可複選）　□出版書訊　□銷售人員推薦　□其他

本書吸引您的原因：□書名很好　□封面精美　□書腰文字　□封底文字　□欣賞作家

（可複選）　□喜歡畫家　□價格合理　□題材有趣　□廣告印象深刻

□其他＿＿＿＿＿＿＿＿＿＿

☞購買後☜

您滿意的部份：□書名　□封面　□故事內容　□版面編排　□價格　□贈品

（可複選）　□其他

不滿意的部份：□書名　□封面　□故事內容　□版面編排　□價格　□贈品

（可複選）　□其他

您對本書以及典藏閣的建議＿＿＿＿＿＿＿＿＿＿＿＿＿＿＿＿＿＿＿＿＿＿＿＿＿＿

＿＿＿＿＿＿＿＿＿＿＿＿＿＿＿＿＿＿＿＿＿＿＿＿＿＿＿＿＿＿＿＿＿＿＿＿＿＿

＿＿＿＿＿＿＿＿＿＿＿＿＿＿＿＿＿＿＿＿＿＿＿＿＿＿＿＿＿＿＿＿＿＿＿＿＿＿

✌是否願意收到相關企業之電子報？□是　□否

✍感謝您寶貴的意見✍

✌From＿＿＿＿＿＿＿＿＿＿＿＿@＿＿＿＿＿＿＿＿＿＿＿＿＿＿＿＿＿

◆請務必填寫有效e-mail郵箱，以利通知相關訊息，謝謝◆

印刷品

$3.5
請貼
3.5元
郵票
不思議信箱
FUSIGI POST

235 新北市中和區中山路二段366巷10號10樓

華文網出版集團 收

（典藏閣－不思議工作室）

顧問冗事

貳

髑髏夜走

林佩 著

牛魚 繪

ANTENNA

不思議工作室

「年輕、自由、無極限」的創作與閱讀領域

為什麼提到奇幻的經典，就只會想到歐美小說？
為什麼創意滿分的幻想作品，就只能是日本動漫？
為什麼「輕小說」一定要這樣那樣？

站在巨人的肩膀上，是為了看得更遠。
讓我們用自己的力量，打造屬於自己的文化！

不思議工作室，歡迎各式各樣奇想天外的合作提案。
來信請寄：book4e@mail.book4u.com.tw

不論你是小說作者、插圖畫家、音樂人、表演藝術工作者……
不管你是團體代表，還是無名小卒。
不思議工作室，竭誠歡迎您的來信！
官方部落格：http://book4e.pixnet.net/blog

我們改寫了書的定義

董 事 長　王寶玲

總 經 理　兼　總編輯　歐綾纖

出版總監　王寶玲

印 製 者　和楹印刷公司

法人股東　華鴻創投、華利創投、和通國際、利通創投、創意創投、中國電視、中租迪和、仁寶電腦、台北富邦銀行、台灣工業銀行、國寶人壽、東元電機、凌陽科技(創投)、力麗集團、東捷資訊

◆台灣出版事業群　新北市中和區中山路2段366巷10號10樓

TEL：02-2248-7896

FAX：02-2248-7758

◆倉儲及物流中心　新北市中和區中山路2段366巷10號3樓

TEL：02-8245-8786

FAX：02-8245-8718

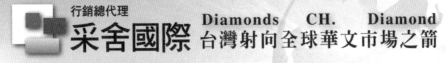

鬼事顧問/林佩作. -- 初版. 一新北市：
華文網，2011.10-
冊； 公分. --(飛小說系列)
ISBN 978-986-271-150-7(第2冊：平裝). ----

857.7 100018492

鬼事顧問
貳
髑髏夜走
林佩 著
牛魚 ANTENNA 繪

飛小說系列013

鬼事顧問02- 髑髏夜走

出版者■典藏閣
作　者■林佩　　繪　者■ANTENNA牛魚
總編輯■歐綾纖
製作團隊■不思議工作室
郵撥帳號■50017206 采舍國際有限公司（郵撥購買，請另付一成郵資）
台灣出版中心■新北市中和區中山路2段366巷10號10樓
電　話■(02)2248-7896　傳　真■(02)2248-7758
物流中心■新北市中和區中山路2段366巷10號3樓
電　話■(02)8245-8786　傳　真■(02)8245-8718
ISBN■978-986-271-150-7
出版日期■2011年12月

全球華文國際市場總代理／采舍國際
地　址■新北市中和區中山路2段366巷10號3樓
電　話■(02)8245-8786　傳　真■(02)8245-8718

新絲路網路書店
地　址■新北市中和區中山路2段366巷10號10樓
網　址■www.silkbook.com
電　話■(02)8245-9896
傳　真■(02)8245-8819